KB275097

소설

쉽게 따뜻해지지 않는 방

예천여자중학교에 발령받은 첫 해. 하고 싶은 말이 많은 가영, 못 하는 것이 없는 다은, 쓰는 것이 모두 시가 되는 주현의 담임이었다. 국어 시간에 글쓰기 수업을 제대로 하고 싶어서 매일 글쓰기로 수업을 열었다. 처음에 아이들은 오늘 또 쓰냐고 했다가 나중에는 오늘은 안 쓰냐고 물었다. 이 아이들을 만난 것은 내게 큰 행운이었다.

자꾸만 쓰자고 하는 나에게 아이들은 매번 다른 이야기를 들려주었다. 이야기는 쌓였고, 아이들은 더 잘 쓰게 되었다. 그 해 우연히 아이들의 글을 모아 보낸 백일장에서 주현이의 시가 장원을 차지했다. 우리에게 주어진 시간이 지나고 모두 다른 반으로 흩어졌다.

다음 해 3월 가영이가 교무실 문을 반쯤 열고 고개를 빼꼼 내밀면서

"선생님, 올해는 책 같은 거 안 써요?"

라고 묻기 전까지 아이들과 글을 쓰고 책을 만드는 것을 다시는 하지 않겠다고 마음먹었었다. 아이들과 함께 출판한 기억은 끝내주게 좋았지만 정말 힘들었기 때문이다. 그런데 어쩐지 가영이의 말에 그래야 할 것 같은 생각이 들었다. 그렇게 〈2023 좋아서 쓰는 우리〉가 결성되었다.

가영, 다은, 주현 그리고 시 쓰는 정은, 아영, 팟차리다가 함께 했다. 우리는 일주일에 두 번 도서관에 모여서 글을 썼다. 1년 동안 글을 쓰고, 그 글을 각자의 책으로 만들었다. 아이들은 자신의 이름으로 된 글이었기 때문에 누구보나 진심으로 최신을 다했고, 아이들이 쓰는 모습을 보기만 해도 기분이 좋았다.

가영이가 플레이리스트에서 음악을 틀고, 다은이가 간식

을 나누고, 이따금 가영이랑 주현이가 배에서 나는 꼬르륵 소리 하나로 숨넘어갈 듯이 웃고, 가끔은 팟차리다가, 아영, 정은이가 쓴 시를 보면서 놀랐다. 소설을 쓰면서 우리는 실패한 연애에 관해서 이야기할 때도 있고, 엄마와 끝없는 신경전에 관해서 이야기 나눌 때도 있었다. 자주 MBTI를 이야기하였고 극 F인 가영이는 자꾸만 울었다. 우리는 어느 순간 가영이가 울어도 아무도 놀라지 않았다. 첫 출판을 마치고 이제는 3학년이 되었다.

 우리가 다시 모인 것은 올해 3월. 나는 첫 부장을 맡아 서류가 책상 양옆에 산더미처럼 쌓여있었다. 가영이와 주현이가 여러 번 찾아와서 "올해는 진짜 안 하실 거냐?"라고 물었다. 그때마다 나는 양옆의 서류로 화면 가득 채운 공문들을 보여주면서 올해는 진짜 못할 것 같다고 이야기했다. 내가 좋아하는 선배 선생님께서 여러 번 찾아온 아이들을 보시면서 "올해 애들이랑 국어 교과 수업도 안 하는데 같이 해 주면 어때요? 저렇게 하고 싶어 하는데."라는 말을 들었을 때

마음이 흔들렸다.

그때 공문에서 〈책 쓰는 선생님〉 모집이라는 글을 보았다. 홈 베이스에 달려가 가영, 주현이에게 충동적으로 이야기했다.

"얘들아, 올해 출판해 볼래? 우리가 같이 쓴 소설집."

아이들은 좋다고 말했고 나는 들떴다. 그렇게 나는 태어나서 처음으로 소설을 쓰게 되었다. 소설을 함께 쓰면서 아이들에게 바로 사과했다. 작년까지 아이들의 글에 피드백만 하다가 막상 써 보니, 소설 쓰기가 쉬운 것이 아니었다.

나는 만나는 사람마다 소설 어떻게 쓰는 것인지 모르겠다고 고민을 털어놓았다. 그 고민을 귀담아들어 주신 임수현 시인님께서 신보라 작가님을 소개해 주셨다. 작가님을 만나기 전부터 작가님의 단편 소설을 읽고 마음이 사로잡혔다. 우리가 쓴 소설이 소설다워진 것은 모두 신보라 작가님의 다정한 피드백 덕분이다.

우리는 이 작디작은 책을 쓰면서, 자꾸만 속상해졌다. 더 잘 쓰고 싶은데 마음처럼 잘되지 않을 때가 많았다. 아이들이 속상할 때마다 다정하지 못했다. 오히려 내가 더 욕심을 부릴 때가 많았다. 아이들은 잘 모를 것이다. 내가 얼마나 아끼는지. 그리고 얼마나 자신들이 대단한지. 아이들은 쓰고 또 썼다. 여기에 남긴 것보다 훨씬 더 많은 이야기를 썼고, 많이 지웠다. 그 시간까지도 모두 알아봐 주길 바란다.

2024년 가영, 다은, 주현이 아니었으면 불가능했을 일이다.
2023년 아영, 정은, 팟차리다가 아니었으면 불가능했을 일이다.
2021년 지민, 정은, 은재, 아영, 은빈, 민찬, 화정, 나영, 홍

찬이 아니었으면 불가능했을 일이다.

 2020년 다영, 민주, 연희, 수연이 아니었으면 불가능했을
일이다.

 나와 함께 썼던 모든 아이들이 아니었으면 불가능했을 일
이다.

 모든 나의 글쓰기 친구들에게 감사를 전한다.

김진미

차례

울고 들어오는 나에게

장가영

울고 들어오는 나에게

울고 들어오는 나에게

힘겹게 계단을 올랐다. 문 앞까지 들리는 시끄러운 TV 소리에 엄마가 집에 있다는 걸 알았다. 문고리를 잡고 돌렸지만, 추위에 얼어 붙은 문고리는 쉽사리 돌려지지 않았다. 가방 안에서 물병을 꺼내 문고리에 천천히 물을 부었다. 그제야 문고리가 돌려져 어렵사리 집 안으로 들어갔다. 거실에 시끄럽게 켜져 있는 TV를 보곤 한숨을 쉬었다. 나는 먼지가 소복이 쌓인 TV를 껐다.

–왜 *끄냐?*"

엄마는 나를 노려보았다.

–전기세나 아끼지.

엄마가 들리지 않을 정도로 작게 혼잣말을 했다.

―네 할 일이나 해.

 싱크대에 물을 틀었다. 대충 세수를 하고 물기를 닦았다. 식탁에 놓여 있는 충전기가 눈에 띄었다. 방 문을 열어보니 충전기가 빠져 있었다. 나는 충전기를 들고 방으로 들어가 컴퓨터를 켰다. 스크린 불빛이 내 눈을 쏘아붙였다. 컴퓨터 스크린의 밝기를 낮추고 방 문 앞에 섰다. 문을 다시 열고 거실로 나갔다. 엄마는 집에 없었다. TV는 여전히 시끄럽게 켜져 있었고 이불이 널브러져 있었다. 나는 그 이불을 천천히 정리해 침대 위에 올려두고 청소기를 돌렸다. 이불을 들추니 과자 부스러기가 나왔다. 청소기 안으로 요란하게 빨려 들어가는 먼지와 과자 부스러기가 보였다. TV를 끄고 눈에 보이는 먼지를 천천히 수건으로 닦았다. 엄마는 예전과 달랐다. 청소 없이 못 살던 엄마는 할머니가 죽은 이후로 청소를 하지 않았다. 엄마는 아침에 나가 늦게까지 일해야 했다. 엄마가 한국에서 여태까지 번 돈은 모두 할머니의 치료비로 쓰였다. 엄마는 진단서가 나올 때마다 한숨을 내쉬었다. 할머니가 돌아가신 뒤에는 매일 할머니의 액자 사진을 보며 그 앞에 과일과 음식을 놔두었다. 음식을 놓으며 항상 뭐라고 중얼거렸지만, 나는 알아들을 수 없었다. 어린 나이에 낯선 나라에서 나를 낳은 엄마는 16년이 지난 지금도 여전히 한국말이 어눌했다. 끝없이 누군가와 전화했지만 내가 모르는 말들이 가득했다. 엄마는 모르는 게 있으면 나를 불렀다. 그러다가도 화가 나는 날에는 나에게 소리를 질렀다. 어렸던 나는 그저 엄마가 천사 같은 악마로 보였다. 엄마는 나에게 의지하다가도 날 낳은 걸 후회하는 것 같았다.

수건을 세탁기에 집어 던졌다. 다시 방으로 들어가 교복을 하나씩 벗었다. 누군가에게 물려받은 옷을 입고 누웠다. 변색된 흰 티에는 구멍이 있었고 바지에는 얼룩도 있었다. 이불을 덮었는데도 추위에 몸이 시렸다. 흐릿해진 눈을 비벼 휴대폰을 켰다. 한빈이에게 연락이 와있었다.

[게임 들어왔네. 같이 하자.]
[응 그래, 좋아.]

한빈이는 적이 나올 때마다 총으로 쉽게 죽여나갔다. 그 중 가장 비싼 여진이라는 캐릭터는 누가 보아도 돈을 써야지만 가질 수 있는 스킨이었다. 총을 몇 번 쏘자, 내 앞에 있던 적들이 금세 사라졌다. 한빈이는 신난 듯 캐릭터

를 움직였다. 눈 깜짝할 사이에 1등이 된 한빈이는 신나
보였다.

[1등이네. 이대로만 하자.]

 1등을 연달아 한 한빈이가 웃었다. 한빈이가 웃으니 나
도 자연스레 웃음이 나왔다. 나는 시간이 지나는 줄도 모
른 채 게임에 몰입했다. 헤드셋 너머로 엄마의 목소리가
들렸다. 엄마와 내 방의 거리가 가까워지는 것 같아 자판
을 두드리던 손가락을 잠깐 멈췄다. 채팅창이 올라오는
게 보였다.

[안 움직이고 뭐 하냐?]
[미안.]

 헤드셋 너머로 옅은 한숨. 키보드를 두드리는 소리가 들
려왔다.
 게임을 하는 도중 헤드셋에서 뒤척이는 소리가 났다. 한
빈이 소리였다. 한빈이는 마이크를 켜고 아무 말도 하지
않았다. 한빈이는 죽자마자 작은 한숨을 뱉었다. 천천히
내쉬는 한숨. 그 한숨을 들을 때마다 가슴이 아려왔다.

마우스를 움직일 때마다 손의 떨림이 느껴졌다. 내 귀에
들리게 한숨을 쉬는 모습이 엄마와 사뭇 비슷하게 느껴
졌다.

　한빈이는 아무 말 없이 게임에서 나갔다. 게임이 끝난
지 얼마 되지 않았다. 자꾸만 핸드폰을 만지작거렸다. 방
안에는 한기가 흘렀다. 추위가 나를 짓눌렀다. 유튜브를
보다가도 문자가 왔는지 확인했다.

[언제 자?]

　한빈이의 연락이었다. 시계는 벌써 12시에 가까워지고
있었다. 눈이 감길 듯 눈꺼풀이 무거웠다.

[모르겠어, 넌?]
[난 너 잘 때.]
[뭐래.]

　더 이상의 대답 없이 한빈이는 공감을 눌렀다. 나는 주
용히 누워 천장을 바라보고 있었다. 천장에 보이는 동그
라미 자국들. 밤이 되어 방 안이 어두워졌는데도 동그라
미들은 유독 선명하게 보였다. 그러다 한빈이의 게임 접

속 알림이 울렸다. 몇 분 뒤 한빈이에게 연락이 왔다.

[너 잘 때 자려 했는데 좀 졸리네.]
[먼저 자, 잘자.]

휴대폰을 침대에 던져둔 채 거실로 나갔다. 식탁 위에 놓여 있는 먹다 남은 음식만 보일 뿐, 아무 소리도 들리지 않았다. 엄마의 신발이 있었다. 엄마는 자는 것 같았다. 엄마가 먹고 남긴 음식의 흔적이 남아 있었다. 나는 엄마가 치우지 않은 그릇을 싱크대에 넣고 수도꼭지를 돌렸다. 살며시 그릇을 들었다. 그릇에 남아있던 식은 밥을 적당히 퍼서 반찬과 함께 먹었다. 엄마는 방에서 나오지 않았다. 엄마가 남긴 음식을 하나씩 집어 먹었다. 씹으면 쉰맛이 입 안에 맴돌았다. 당장이라도 토가 나올 것 같았다. 다 먹은 그릇들을 싱크대에 넣었다. 다시 방으로 들어갔다. 방 안의 꿉꿉한 냄새가 후각을 건드렸다. 이불로 코를 막았다. 눈이 서서히 풀리며서 몸에 힘이 빠지는 것 같았다.

내가 일어났을 때 엄마의 신발이 보이지 않았다. 교복에선 시큼하고 약간 꼬릿한 냄새가 났다. 교복에 코를 갖다 댔더니 냄새가 더 강하게 느껴졌다. 집에 돌아와서 빨래를 해야겠다고 생각하며 교복을 입었다. 교복을 다 입고 준비를 끝냈더니 8시가 되었다. 혹여나 늦을까 봐 서둘러 집을 나섰다. 학교 가는 길에 눈이 왔다. 머리와 교복에 앉았던 눈은 금세 녹아 물이 되었다. 등굣길에 마주친 사람들은 우산을 들고 환하게 웃고 있었다. 나도 저렇게 살고 싶다고 생각했다. 항상 부모님과 등하굣길을 함께하는 아이들을 보면, 나의 모습이 누구보다 비참하게 느껴졌다. 웃고 있었지만 손에는 물방울이 떨어졌다. 소매로 눈을 비볐다. 한빈이에게 연락이 왔나 싶어 휴대폰을 봤지만 어떠한 연락도 오지 않았다. 학교 안은 아이들로 북적거렸다. 몇 명은 아이들 무리에 껴있었다. 종소리에 모두가 자리에 앉아 칠판을 바라볼 때, 나는 창문 방향으로 고개를 돌렸다가 바로 책상에 엎드려 눈을 감았다. 어제 잠을 설친 탓인지 쉽게 잠들었다.

　쉬는 시간에 담임은 나를 불렀다. 웅성이는 복도를 지나고서야 교무실 앞에 도착했다

－요즘 수업 시간에 왜 그렇게 자는 거야?
－그냥요.

-무슨 일 있어?
-아니요.

 매일 꼬릿하고 땀 냄새가 나는 교복을 입고 등교했다.
주위에 친구라곤 책상뿐이었다.

-야, 쟤 좀 봐, 쟤 몸에서 냄새나.

 친구들의 귓속말이 들려도 나는 늘 조용히 있었다. 비좁
은 복도를 지나 학교에서 빠져나왔다. 대부분의 아이들
은 학원에 다녔다. 편의점에서 나와 서로의 입에 맛있는
음식을 넣어주며 웃는 친구들이 보였다. 눈빛만 봐도 행
복해 보이는 친구들이 부러웠다. 그 음식마저 살 돈이 없
던 나는 주먹을 쥔 채 앞으로 걸어갔다. 계단을 올라 낡
은 문고리를 돌려 집 안으로 들어갔다. 먼지가 쌓인 신발
장을 보며 한숨을 쉬었다. 소파에 누워있는 엄마를 보곤
다시 바닥을 보며 방으로 들어갔다.

-야, 김보민. 너 나와 당장.

 귀찮았다. 나는 엄마 앞에서 아무 말도 하지 않았다. 엄

마 뒤로 보이는 하늘을 바라보았다. 정적이 흘렀다.

―너 그딴 식으로 학교 다닐 거면 가지 마.

 엄마가 소리를 지를 때마다 손이 차가워졌다. 엄마는 나를 쳐다보았다.

―학교를 자러 가? 생각이 있는 거야? 이런 전화 다신 오게 하지 마.

 나는 대꾸하지 않았다. 항상 말보다 손이 먼저 올라가는 사람이었다. 나는 계속 엄마를 쳐다보았고 엄마는 흥분한 얼굴로 나를 계속 노려 보았다. 엄마는 딱딱한 벽에 머리를 박거나 내 이마를 손가락으로 눌렀다. 심장 소리가 더 빨리, 더 크게 들렸다. 딴 생각을 할 때면 엄마 목소리가 들리지 않을 때도 있었다.

―저런 년을 내가 왜 키우는지 몰라.

 날 낳은 엄마가 저런 말을 내뱉는 게 싫었다. 엄마는 내가 싫은 걸까. 사랑을 표현하는 엄마만의 방식인 걸까.

엄마의 사랑을 바라는 것이 잘못된 걸까.

−네 방에나 들어가.

 엄마의 말을 듣다가 눈물이 나왔다. 울음을 참아보려 천장을 올려다 보았지만 흐르는 눈물을 모두 참아내기엔 부족했다. 엄마의 얘기가 하소연으로 들릴 때쯤 나는 손톱으로 내 살을 뜯었다. 나는 흐르는 눈물을 닦으며 방에 들어갔다. 들어가자마자 몸을 에워싸는 추위가 나를 더 외롭게 만들었다. 차가운 이불로 입을 틀어막았다. 숨 쉴 때마다 눈물이 흘러나왔다. 어쩌면 숨 쉰다는 게 고통이 아닐까 싶었다. 엎어두었던 휴대폰을 보았다. 순간 화면이 밝아지며 한빈이의 이름이 보였다.

[디코 들어와. 같이 하자.]

 나는 그 메시지를 본 뒤 휴대폰을 다시 껐다. 침대에 앉아 멍하니 창밖을 보고 있었다. 그러다 몸을 일으켜 세웠다. 도어락 소리가 들렸다. 나는 조심히 문을 열고 거실로 나갔다.

−진짜 더러워 죽겠어, 빨래 좀 해.

 엄마는 매번 날 보던 그 눈빛으로 쳐다보았다. 그러다 엄마는 뒤돌았다.

−표정 좀 고쳐라.

 나는 그 말을 들었지만, 반항도 대답도 하지 않았다. 조용히 방에 가서 빨래 더미들을 빨래통에 넣었다. 방을 치우고 빨래를 넣은 뒤 화장실로 갔다.

 좁은 집 밖에는 작은 화장실이 있었다. 볼일을 보려하자 배관이 막혀 물이 나오지 않았다. 힘겹게 소변을 참으며 1층 상가로 내려갔다. 겨울엔 배관이 얼어 설거지나 샤워를 하지 못했다. 보일러를 켜기엔 전기세가 겁이 나 옷을 겹겹이 입는 게 일상이었다. 우리 집 사정을 누구보다 잘 알았던 1층 상가 아주머니는 익숙하다는 듯이 나를 화장실로 데려갔다.

−또 배관이 막혔나 보네.

아주머니는 웃으면서 얘기했다. 그 웃음이 나를 더 작아
지게 했다.

똑같은 일상을 보내며 한빈이를 기다렸다. 계단을 올라
집으로 향하면 허름한 문고리가 나를 기다리고 있었다.
문고리를 돌리면 다시 시작되는 지겨운 악몽. 집도 학교
도 내가 가고 싶은 곳은 어디에도 없었다.

뭐든 보고 싶지 않았다. 문을 열어 부엌에 가보니 아침
에 먹고 남은 듯한 국과 밥이 식탁 위에 있었다. 청소기
는 오래된 탓에 쓸 수 없었다. 엄마는 누워있었다. 엄마
는 날 쳐다보지 않고 휴대폰을 만지작거렸다. 바닥에 떨
어져 있는 머리카락들이 한눈에 다 보이고, 음식은 썩어
불쾌한 냄새가 났다. 방으로 들어갔다. 게임에 들어가 한
빈이가 접속했는지부터 확인했다. 한빈이가 몇 분 전에
접속한 걸로 떴다.

[뭐해?]
[나 방금 게임 껐어.]
[맨날 엄마가 음식을 냉장고에 안 넣어. 썩을 거 알면서.]

한빈이는 읽고 나서 몇 분째 답이 없었다. 위 내용에서

내가 실수한 말이 있나 올려봤다.

[괜찮아? 엄마가 나빴네.]
[그치… 난 이런 게 제일 싫어.]
[나랑 얼른 같이 살자.]
[응, 좋아!]

 대답이 끝나고 한빈이는 몇 분째 답이 없었다. 입력 중인듯 했다. 나는 그런 한빈이에게 내 얘기를 했다. 한빈이는 힘들어하는 내 얘기를 가만히 들어주었다.

[보민아, 우리 한번 만날래?]

뜬금없이 만나자는 한빈이의 말에 너무 좋았다.

[뭐하게?]

답장이 오지 않았다. 몇 분간의 침묵 후 알람이 떴다.

[그냥 만나면 좋잖아, 놀고.]

한빈이라면 날 행복하게 해줄 것 같았다. 나는 조금 망설이다 대답했다.

[그래, 언제 만날래?]
[다음 주가 좋지 않을까?]

겨울이라 밖에서 노는 게 꺼려졌다. 추운 겨울에 걸칠 만한 옷이라고는 죄다 후드티밖에 없었다. 지나가는 친구들을 볼 때면 가난한 삶이 죄가 되는가 싶었다. 모두 따뜻한 패딩을 입을 때 교복 재킷 하나로 버텨야 했다. 영하로 내려가는 이 겨울을 어떻게 버텨야 할지도 고민이었다. 방 안에 들어갈 때마다 입김이 나왔다. 몇 번의 고민 끝에 한빈이에게 문자를 보냈다.

[밖에서 놀기보단 최대한 안에서 놀자. 그게 나을 거 같아.]
[보드게임 카페나 룸카페 어때? 영화 보려면 룸카페가 나을 거 같은데.]
[그렇게 하자.]

나에게 한빈이라는 사람은 누구보다 더 따뜻한 사람으

로 느껴졌다. 현실에 있는 친구들이 위로는커녕 뒤에서 욕이나 할 때 한빈이는 내 곁을 지켰다. 제일 행복했던 건 이야기할 사람이 기다리고 있다는 것이었다.

 학교를 마치고 버스 정류장까지 걸어갔다. 옆을 보면 다들 친구들과 웃으며 떠들고 있었다. 추위가 내 몸속으로 고스란히 들어오는 느낌이었다. 버스 정류장 안에 들어가 휴대폰을 켰다. 몇 분뒤 버스가 왔고 나는 버스 창가에 앉아 밖을 내다보았다. 버스 안의 공기는 히터 바람으로 인위적인 냄새가 났다. 버스에서 내려 집에 들어가 보니 엄마는 소파에 누워있었다. 엄마는 항상 관심은커녕 날 거들떠보지도 않고, 아빠는 언제 사라졌는지 기억도 나지 않는다. 늘 그랬듯 난 혼자였다. 그런 나에게 한빈이가 왔다. 덕분에 행복했고 지금보다 더 행복해지고 싶었다. 아무도 나에게 행복을 주지 못했지만, 한빈이는 줄 수 있었다. 한빈이가 하는 말 한 마디에 나는 웃고 있었다. 학교에서도 집에서도 웃지 못하던 나에게는 안식처였다.

[반바지 입고 거울 샷 찍어주면 안 돼?]

한빈이는 가끔 내 사진을 원했다.

[응? 왜?]
[아니 그냥, 너 예쁘잖아.]

예쁘다는 말에 나는 사진을 보내주었다. 내가 연락하지 않으면 한빈이는 연락을 잘 하지 않았다. 사진을 보내주는 날에만 한빈이는 내게 다정했다. 혼자만 너무 좋아하는 거 같아 속상했지만, 나는 예쁘다는 그 문자를 보고 또 봤다.

[왜 연락 안 하냐?]
[네가 안 하잖아.]
[그럼 네가 해야지.]

헷갈렸다. 나 혼자 너무 좋아한다는 생각에 우울해져 우는 날이 많았다. 난 한빈이가 너무 좋았고 한빈이도 그러기를 바랐다. 내가 우울해 하면 한빈이는 내 연락을 보지 않았다. 한빈이는 항상 바빴다. 그러다 우리 관계가 끊어져 버릴 때쯤 한빈이에게 연락이 왔다. 한빈이가 너무나도 좋았지만 그런 내 마음을 몰라주는 것 같았다.

*

기온이 영하 9도까지 떨어졌다. 각종 뉴스에선 가장 추운 겨울이 될 거라고 보도했다. 과연 한빈이의 실물은 어떨까. 생각한 것보다 더 잘생긴 건 아닐까 하며 설레발을 쳤다. 실제로 만난 적이 한 번도 없는 우리는 사진에 있는 사람이 진짜 본인이 맞을지 알지 못했다. 한빈이는 시간이 갈수록 나에게 더 차가워졌다. 외로움과 추위가 공존했다. 왠지 모르겠지만 한빈이가 그럴 때면 머리는 두통으로 뒤덮였고, 어지러움이 두통을 도왔다. 한빈이를 애타게 기다리고 있던 그때 연락이 왔다.

[너 내일 1시 괜찮지? 내가 가는 거니까.]
[응 괜찮아. 천천히 와.]
[그래, 필요한 건 없고 몸만 와.]

설레는 마음을 뒤로 하고 눈을 서서히 감았다. 내일이 오는 게 두렵기도, 설레기도 했다.

해가 떠 눈이 아려올 때쯤 잠에서 깼다. 인터넷 세계에서 만나는 사람은 한빈이가 처음이라 두려운 마음과 기대되는 마음이 동시에 들었다. 약속 시간이 다가오자 초조한 마음도 들기 시작했다. 혹시나 한빈이가 나를 보고

도망치면 어쩌지 하는 두려운 마음에 한빈이에게 연락했
다.

[너 나 보고 실망 안 할 자신 있지?]
[나 그런 사람 아니야.]
[아니, 만약에 네가 나보고 도망치면 어떡해.]
[아니라니까. 좀 이따 봐.]

 현관문을 열고 나가자 추위가 내 몸을 반겼다. 역에 가
까워지면서 사람들이 보이기 시작했다. 사람들이 어수선
하게 지하철역에서 뛰쳐나왔다. 그 안에서 나올 한빈이
만을 기다렸다. 한빈이가 누구일지 기대하며 나오는 사
람들을 계속 쳐다보았다.

[내렸어. 어디야?]

한빈이가 내렸다는 말에 심장이 빨리 뛰었다.

[나 역 앞 벤치야.]
[갈게.]

 벤치 앞에서 휴대폰을 보고 있는데 발걸음 소리가 들렸다. 신발이 땅에 질질 끌리는 소리.

-안녕?

 누군가가 나에게 인사했다. 익숙한 목소리였다. 그 순간 한빈이가 머릿속을 스쳤다. 손이 떨리고 심장이 더 빨리 뛰었다. 내가 알던 사람이 아니었다. 남자는 경직된 날 보며 웃음을 지었다. 입꼬리가 올라가 있으니 더 무서워 보였다.

-안 일어나고 뭐해?

 들어본 목소리다. 매번 들었던 그 목소리. 하지만 다르다. 주름이 있었다. 초점 없이 나를 바라보는 그 남자의 눈빛에 순간 말이 나오지 않았다.

-일어나.

 언성을 높이며 나를 쳐다보았다. 나는 아무 말도 하지 못했다. 남자는 내 손목을 거칠게 잡아 당겼다. 눈앞이 흐려졌다. 밖에는 소나기가 내렸다. 그 남자는 우산도 펴지 않은 채 계단을 올랐다. 숨이 차서 헐떡였다. 남자는 더 빨리 달렸다. 남자가 힘이 빠지는 순간을 기다렸다. 남자가 손에 힘을 뺐다. 남자의 손아귀에 잡혀 있던 손을 빼고 냅다 뛰었다. 주변에 빗방울 소리마저 들리지 않았다. 모든 소음이 사라지고 내 숨소리만 들렸다. 다시 모든 소리가 들릴 때쯤 남자는 다시 나를 잡았다. 분명 외투를 입었음에도 오롯이 느껴지는 추위에 소름이 끼쳤다. 남자의 목소리에 손이 움직이지 않았다. 아무 말도 하지 못하고 그대로 끌려갔다. 점점 걸음이 느려졌다. 남자는 숨을 고르더니 천천히 앞으로 걸어갔다. 잘 보이기 위해서 입은 치마는 볼품 없는 치마가 되었다. 한껏 신경 쓴 화장은 비를 맞아 거의 지워졌다. 남자의 숨결에 온몸에 소름이 돋아 추워졌다. 예전에 대화한 기억이 났다. 어떤 룸카페에서 놀자는 말. 의심스러웠던 모든 기억이 스쳐 지나갔다. 생각나는 사람은 마땅히 없었다. 나를 낳아준 엄마도 아니었다.

―들어가.

남자는 나의 등을 밀었다. 남자는 아무렇지 않게 카운터

직원에게 말했다. 난 그럼에도 아무 말도 하지 못하였다. 손이 떨리고 심장 소리가 주위 소리보다 더 크게 들렸다. 동공이 떨리는 게 느껴졌다.

-방 어디 비어요?
-2실 비어요. 결제는 선불이에요.

 직원과 눈이 마주쳐 고개를 저었다. 살려달라 외치고 싶었다. 직원은 눈치를 못 챈 듯했다.

-결제됐습니다. 2시간입니다.

 남자는 계산을 하고 나를 방으로 데려갔다. 남자의 손목을 잡았다. 남자는 그런 나를 방 안으로 밀어 넣었다. 방 안에 CCTV가 없는 걸 확인했다. 큰 방 안에는 이불과 방석 두 개, TV 하나 그리고 바람이 겨우 통할만한 조그마한 창문이 끝이었다. 그마저도 커튼이 쳐져 있어 빛이 들어오지 않아 컴컴했다. 밖에선 아무 소리도 들을 수 없는 구조에 방은 고요했다. 벨트가 풀리는 소리가 들렸다. 천천히 내 쪽으로 걸어왔다.

―뭐해, 보민아.

 나를 앉히면서 내 몸에 그의 손이 닿았다. 이 남자는 한빈이일까. 괴물인 걸까. 한빈이가 아닐거라 부정하고 싶었다. 나는 벗지 않았다. 듣고 싶지 않았다. 남자는 나를 쳐다보더니 치마 속으로 손을 뻗었다. 남자는 손가락으로 내 이마를 밀며 벽으로 몰아세웠다. 몸에서 열기가 느껴졌다. 차가웠던 몸이 뜨거워지며 따가웠다. 피부는 빨갛게 물들어갔다. 베개 위로 넘어졌다. 푹신한 베개가 순간 납작해졌다.

―보민아, 네가 만나겠다며.

 이런 남자를 만나려고 만나자고 한 게 아니었다. 무서웠다. 벌벌 떨면서도 나는 한빈이를 찾았다.

―너 한빈이 아니잖아…….

 남자는 날 보며 웃었다. 여태까지 힘들게 살았던 내 나날들은 별게 아니었구나. 남자는 내 치마를 내렸다. 나는 치마를 힘껏 부여잡았다. 남자는 그런 나를 바닥에 내팽

개치며 나를 밟았다.

─보민아, 네가 보고 싶다고 맨날 질질 짰잖아. 나야. 기분이 묘하게 더럽네. 담배 한 대 피고 올게. 재밌는 영화 좀 찾아봐."

 남자는 방을 나가려다가 베개 옆에 있던 내 휴대폰을 가지고 갔다. 남자는 내리려던 바지를 올리고 벨트를 찼다. 나간 남자의 뒷모습을 바라보았다. 내려간 치마를 올리고 방에서 나와 바로 뛰었다. 급하게 근처 상가 화장실로 들어갔다. 비를 맞아 머리가 축축했다. 몸이 떨리고 눈물이 났다. 거울을 보니 머리는 헝클어져 있었다. 재킷 왼쪽 소매는 찢어져 있었다. 잔뜩 꾸미고 온 얼굴은 얼룩진 화장만 남아 있었다. 번진 화장을 물로 지워냈지만, 마음속 충격은 지워지지 않았다. 옷매무새를 정리하고 화장실을 빠져나왔다. 이런 모습을 본 엄마는 서글프게 날 쳐다볼 게 뻔했다. 버스 정류장 벤치에 앉았다. 불어오는 바람에 몇 번씩 치마가 펄럭였다. 치마 사이로 들어오는 바람이 더 차갑게 느껴졌다. 지나가는 사람들이 날 쳐다보는 것 같았다. 쳐다보든 말든 상관없었다. 모든 게 망가졌으니까. 한빈이는 누굴까 궁금했다. 어쩌면 그 남자

가 한빈이가 아닐 수도 있다는 상상을 했다. 벤치에서 일
어나 집으로 향했다.

－한빈이가 아닐 거야…….

 발걸음이 무거워 쉽사리 움직이지 못했다. 힘겹게 올라
간 계단 앞에서 대문에 달린 문고리가 보였다. 문고리를
돌려 집 안으로 들어갔다.
 엄마는 날 위아래로 훑어보았다. 나는 망가진 몸을 움직
여 방으로 향했다. 엄마는 아무 말도 하지 않았다.

－꼴이 그게 뭐야…….

 엄마의 혼잣말을 들었지만 애써 무시했다. 배가 고팠다.
하지만 아무것도 먹고 싶지 않았다. 머릿속에는 이대로
굶어 죽어도 좋겠단 생각밖에 없었다. 이 일을 엄마에게
얘기해야 할 것 같았다. 엄마 방으로 갔다.

－왜?
－엄마, 나 오늘 친구 만났거든. 근데 휴대폰 잃어버렸
어…….

휴대폰을 잃어버렸단 말에 엄마는 나를 쳐다보았다.

–차라리 잘 됐네. 휴대폰이 없어봐야 정신을 차리지.

 눈물이 날 것 같은 마음을 숨기고 방금 있었던 일을 애기했다.

–엄마 듣고 있어?
–네가 돈 벌어서 써. 돈 버는 게 얼마나 힘든지 몰라? 너한테 나가는 돈이 얼마야. 네가 돈 벌어서 살아. 나가서 살아봐야 정신을 차리지.
–아니, 말을 왜 그렇게 해?
–내가 뭔 말을 못하는데. 내가 낳았어.
–내가 태어나고 싶어서 태어났어? 엄마가 낳았잖아.
–난 낳고 싶어서 낳은 줄 알아?

 엄마가 낳고 싶지 않았던 내가 나랑 엄마를 힘들게 했구나. 괜히 태어났다는 생각에 눈물이 흘렀다. 엄마는 모진 말들을 쏟아냈다. 나는 그 말을 곱씹으며 들어야 했다.

 자리에서 일어나 방으로 들어갔다. 내 방은 고요함만 가득했다. 한빈이를 잃었기 때문일까. 그 남자는 한빈이가 아니었다. 난 여전히 존재하지 않는 한빈이를 그리워했다. 한빈이가 다시 돌아왔으면 좋겠다. 컴퓨터를 켜 다시 게임에 접속했다. 친구 목록을 내리며 한빈이의 이름을 찾아보았다. 한참을 내리다 보니 한빈이가 있었다. 다른 레벨이지만 한빈이었다. 스킨이 다르지만 한빈이다. 나는 알아 볼 수 있었다.

[한빈아, 우리 만나기로 한 날 바빴어? 난 기다렸는데 아쉽다. 다음 주에 만날까? 나 다음 주에 시간 널널해. 너만 괜찮으면 내가 너희 지역으로 갈게. 내 문자 보면 꼭 답장 줘.]

디데이

윤다은

디데이

　민이 동아리방 문을 열었다. 예고 없이 불어온 에어컨 찬바람에 민은 저절로 움츠러 들었다. 문을 열기 전까지 작게 들리던 노래의 진동이 바닥을 타고 민의 발바닥을 건드렸다. 실내화를 연습화로 갈아신고 몸을 일으켜 세우자 거울이 보였다. 동아리방의 벽 한쪽을 다 차지할 만큼 큰 거울에는 벽에 기대어 앉아 있는 부원들의 모습이 비쳤다. 민이 말했다.

－안 맞던 거 다 맞췄지?

　동아리방에 정적이 흘렀다. 가쁘게 숨을 몰아쉬는 소리만 가득했다. 민이 다시 한번 입을 열었다.

－확인해 보자.

　부원들은 지친 몸을 이끌고 시작 대형에 맞추어 섰다. 노래가 흘러나오자 춤을 추기 시작했다. 지켜보던 민이 표정을 찡그렸다. 이윽고 노래가 멈추었다.

－다리를 무릎까지 올리고 나서 내려야 한다니까. 높이가 안 맞으니까 내리는 것도 다 다르잖아!

　부원들의 표정이 한층 더 굳어졌다. 다시 안무를 맞춰보려는 순간 동아리방의 문이 끼익 소리를 내며 열렸다. 경비 아저씨였다.

－학생들, 이제 나가야 해. 5시 다 됐어.

　모두가 일제히 시계를 바라보았다. 시침이 5시를 향하고 있었다. 부원들이 가방을 메고 하나둘씩 동아리방을 빠져나갔다.
　혼자 남은 민은 음악에 맞춰 춤을 추기 시작했다. 머리카락을 묶은 머리끈이 풀리면서 바닥에 떨어졌다. 풀린 머리카락이 땀으로 흥건한 목 뒤쪽에 엉겨 붙었다. 노래가 끝나자, 멀리서 희미한 발걸음 소리가 들려왔다. 문밖으로 불투명한 실루엣이 보였다. 곧이어 문이 열렸다. 현주었다.

―또 혼자 춤추고 있어? 가자 빨리.

 민은 에어컨과 조명을 끄고 블루투스 스피커의 연결을
해지했다. 가벼운 가방을 대충 걸쳐 멘 뒤 동아리방 문을
닫고 잠갔다.

―보충 수업 늦게 끝났어? 오늘 좀 늦게 왔네.
―어. 마지막 날이라고 한 문제라도 더 풀고 가라더라. 근
데, 너 춤추는 거 완전 멋있다.

 갑작스러운 현주의 말에 민은 당황한 기색을 보였지만
입가엔 미소가 지어졌다. 현주는 웃으며 말했다.

―나 댄스부 오디션 신청할까?
―왜?
―나도 춤추고 싶어서, 너처럼.

 현주가 무언가를 곰곰이 생각하는 듯 허공을 바라보며
말했다.

—근데, 그러려면 학원도 다녀야겠지? 너랑 같이 다닐까?
—그러든지.

 민은 갈림길에서 현주와 헤어진 뒤 가파른 오르막길을 걸었다. 학원에 도착할 때쯤이면 등에 땀이 흥건했다. 1층 편의점에서 얼음을 샀다. 꽝꽝 언 얼음을 씹으며 계단을 올랐다.
 학원 문을 열자, 약간의 땀 냄새와 새로 도배한 페인트 냄새가 코끝을 스치고 지나갔다. 방을 지나갈 때마다 가지각색의 노랫소리가 들렸다. 민은 맨 뒤쪽 방으로 들어가 몸을 풀기 시작했다. 머리와 팔, 발목을 돌려가며 몸을 다 풀어갈 즈음 선생님이 들어왔다. 새로 배울 노래를 듣고, 그 노래에 맞춰 춤을 추는 선생님을 보고, 선생님의 카운트에 맞춰 춤을 췄다. 얼굴이 땀으로 미끈거렸다. 수업을 마친 후 에어컨 앞에 서 있어 봐도 더위는 가시지 않았다. 핸드폰을 보니 현주에게 연락이 와 있었다.

[나 학원 다니기로 했어. 떨린다.]
[잘 됐네.]
[아마 다음 주부터 갈 거 같아. 수업은 따로 들을 거 같고. 아쉽다. 너랑 수업 같이 들으면 재밌을 거 같은데.]

민은 핸드폰을 끄고 물통을 챙겨 밖으로 나갔다. 습기를 잔뜩 머금은 공기와 강렬한 햇빛이 민을 감쌌다. 얼마 남지 않은 물을 마저 마셨다. 분명 차가운 물을 담았는데 미지근했다.

집에 도착하자마자 컴퓨터를 켜 '이재식'을 검색했다. '이재식, 세계대회에서 우승……', '댄스계의 거장 이재식, 음주운전 차에 치여 결국 사망……' 다양한 제목의 기사들이 맨 위를 장식했다. '이재식 안무'를 검색하자 4개월 전 영상을 끝으로 더 이상 영상이 올라오지 않았다. 민은 4개월 전 영상을 재생했다. 가사에 맞춘 익살스러운 안무와 박자에 따라 쪼개진 동작들이 이어졌다. 영상 속 모든 걸 눈에 넣고 싶었다. 같은 영상을 몇 번이나 반복해서 보았다. 안무가 눈에 익숙해지면 영상을 따라 연습하기 시작했다. 춤을 추고 있는데도 춤추고 싶다는 열의가 가득했다. 땀이 등줄기를 타고 흘러내렸다. 얼굴이 벌겋게 달아올라 볼이 뜨거웠다. 춤을 멈추고 다시 영상을 보았다. 수많은 사람들의 호응 속에서 즐거운 표정으로 춤을 추는 이재식을 볼수록, 영상 속 이재식처럼 되기를 바랐다. 그리고 될 것이라고 믿었다.

민과 현주는 함께 오르막길을 올랐다. 학원에 도착하고

수업을 듣기 위해 각자 방으로 들어갔다. 수업이 끝나고 민은 물을 받으러 나왔다. 흘러내리는 땀을 조금이나마 식히려 옷의 중간 쪽을 잡아 펄럭거렸다. 미미한 바람이라도 반가웠다. 정수기에 물병을 대고 차가운 물을 담았다. 물이 절반 정도 채워질 때쯤, 맨 뒤쪽 방에서 누군가 현주를 칭찬하는 소리가 들렸다. 들뜬 목소리가 계속해서 노래를 뚫고 나왔다. 민은 발걸음을 옮겨 문 앞에 서서 작은 유리창 사이로 현주를 찾았다. 어색하게 춤추는 사람들 사이로 현주가 눈에 들어왔다. 처음 배우는 춤을 자연스럽게 소화하고 있었다. 현주를 바라보던 민은 어느새 춤을 처음 배웠던 때를 떠올렸다. 몸을 움직여 무언가를 표현하는 게 버거워 답답하다가도, 음악과 함께 땀을 흘리는 것이 좋아 밝게 웃던 그때. 지금 현주도 그럴까.

 현주를 칭찬하던 선생님은 핸드폰을 보더니 이제 마치겠다고 했다. 하나둘씩 짐을 챙겨 방을 나오는 가운데, 누군가 홀로 남아 계속 춤을 추고 있었다. 나오는 사람들 중 현수의 얼굴은 없었다. 민은 방에 들어갔다. 현주가 거울 속 자신을 바라보며 춤을 추고 있었다.

—첫날인데, 남아서 연습해?

─재밌더라고. 나 어떤지 좀 봐줘. 내가 잘하고 있는 건지
모르겠네.
─그래.

 현주는 어려운 스텝과 동작들을 원래 해 왔던 사람처럼
쉽게 해냈다. 잠깐 춤을 추는데도 깔끔하고 날렵한 춤선
이 돋보였다.

─어때?
─어릴 때 춤췄어?
─아니. 처음 추는 거야.
─처음이라고?

 현주는 옆에 있던 물병을 집어 입에 갖다 댔다. 반 정도
차 있던 물병은 금방 바닥을 드러냈다. 민은 옆에 앉아
멍하니 현주의 춤을 떠올렸다. 깔끔하고 날렵한 춤선, 밝
은 에너지. 문득 이재식의 춤이 민의 머릿속을 스쳤다.

*

 방학과 동시에 장마가 시작되었다. 방학 내내 거센 비와

끈적한 습기가 이어졌다. 춤을 추며 살과 살이 맞닿을 때
마다 피부가 끈적거렸다. 민과 현주는 에어컨이 항상 돌
아가고 있는 학원에서 대부분의 시간을 보냈다. 수업을
듣고 나면 빈방을 찾아 춤 연습을 하고, 학원 밑 편의점
에서 빠르고 간단하게 끼니를 해결하기를 반복했다.

-어제 댄스부 공고 올라왔더라. 으, 떨린다.

 현주가 삼각김밥을 뜨다 말고 말했다.

-그렇게 들어오고 싶어?
-우리 학교 댄스부 잘 춘다고 유명하잖아. 진짜 들어가
고 싶어.
-열심히 해봐.
-나 합격시켜 줄 거지?
-봐서.

 민이 샌드위치 포장지를 뜯어 한 입 베어 물었다. 현주
가 삼각김밥을 오물거리며 말했다.

-쌤이 우리 이제 같이 수업한대. 다닌 지 얼마 안 됐는

데, 신기하네.

 민이 샌드위치를 욱어 넣었다. 함께 수업을 듣는 현주를 상상했다. 샌드위치를 씹을 때마다 턱에 자꾸 힘이 들어갔다. 몇 년 동안 노력해 쌓아온 것이 단 몇 달 만에 따라잡혔다는 생각이 머릿속을 떠나지 않았다. 현주가 다시 입을 뗐다.

-어제 진짜 짜증 나는 일 있었어. 애들이랑 쌤이 내가 춤추는 거 보고 이재식이랑 닮았다고 그러더라.

 민은 샌드위치를 먹다 말고 현주를 바라보았다. 현주가 한숨을 쉬며 말했다.

-네가 보기에도 내가 이재식처럼 춰?
-아니.
-다행이다.

 현주가 후련하다는 듯 미소를 지으며 삼각김밥을 마저 먹었다. 민은 남은 샌드위치를 버리고 학원으로 향했다. 이유 모를 찜찜함이 입안에 맴돌았다.

-지금부터 댄스부 오디션을 시작하겠습니다.

댄스부 오디션이 시작되었다. 민의 말에 동아리방 문이 수십 번 여닫혔다. 길고 긴 오디션의 마지막 순서는 현주였다. 노래가 시작되고 현주가 춤을 추자, 비스듬히 엎드려 있던 부원들이 상체를 세워 현주를 바라보기 시작했다. 물 흐르듯 자연스럽게 연결되는 안무와 날렵한 춤선이 시선을 사로잡았다. 다른 학생들이 추던 춤과 확연히 다르다는 것을 모두가 느끼고 있었다.

음악이 멈추고 현주는 고개 숙여 인사한 뒤 동아리방을 나갔다. 현주가 나간 후, 민의 의지와 상관없이 현주의 춤이 민의 머릿속을 떠돌았다.

-야, 마지막 뭐야? 현주? 개 진짜 잘 추던데. 이번 축제 곡 센터로 세우면 안 돼?

-두 번째도 괜찮은데, 확실히 마지막이 눈에 띈다. 저렇게 잘 추는 애 처음 봐.

부원들이 저마다 의견을 냈다. 대부분 현주를 뽑자는 의

견이었다. 현주를 포함한 다섯 명의 학생을 추려 합격시
켰다. 민은 학교가 끝나자마자 합격자들에게 소식을 전
했다. 현주는 크게 기뻐하며 민을 안았다.
 합격자들이 연습실에 나오기 시작하면서, 민은 축제 준
비를 이어갔다. 연습실에 새 연습화 냄새가 은은하게 퍼
져 낯선 느낌이 들었다.

−이 부분은 센터에 민이 대신 현주가 오는 게 나을 거 같
은데. 이 춤 자체가 현주한테 더 어울리지 않아?
−이미 동선도 다 정했는데, 바꾸자고?
−동선이야 수정하면 되잖아. 그리고 이 부분은 유연하게
춰야 하는데, 민이 너는 좀 뻣뻣해 보여.

 조금 전까지만 해도 가벼웠던 분위기가 순식간에 가라
앉았다. 모두 민의 눈치를 보고 있는 가운데 길고 긴 정
적을 깬 건 현주였다.

−왜? 난 이 부분은 민이 잘 어울리는 거 같은데. 굳이 바
꿔야 해?
−난 현주가 센터에 오는 게 제일 나을 거 같아서 그래.

가만히 서 있던 민은 대형에서 벗어났다. 거칠게 발걸음을 옮긴 탓에 옆에 있던 부원들의 어깨가 민과 부딪혔다. 부원들은 눈동자만 굴리며 민을 쳐다보았다. 민은 한숨을 내쉬며 말했다.

-그래. 그럼 그렇게 하자.

 민이 현주의 자리로 이동했다. 현주는 눈을 동그랗게 뜨며 민을 쳐다보았다.

-뭐해. 앞으로 안 가고.

 민의 말에 현주가 쭈뼛거리며 센터로 갔다. 다시 음악이 흘러나왔다. 어색한 기류 속에서 노랫소리만 크게 웅웅거렸다.
 현주는 연습이 끝나자마자 민에게 달려가 팔짱을 꼈다.

-난 네 춤 좋은데. 걔는 왜 자리를 바꾸자고 그러냐.

민이 조용히 말했다.

―먼저 가.

 예상과 다른 반응에 현주는 민을 바라봤다. 현주가 헐렁해진 팔짱을 놓지 않으려고 하자 민이 팔짱을 빼며 말했다.

―먼저 가라니까. 나 할 게 있어서 그래.

 현주의 발걸음 소리가 점점 멀어졌다. 민은 동아리방 앞 화장실로 들어가 흐르는 물에 얼굴을 거세게 씻어냈다. 분노도 슬픔도 아닌 알 수 없는 감정이 민을 마구 헤집어 놨다. 그 감정을 해석하려 할수록 얼굴을 닦는 손동작만 더욱 거칠어질 뿐이었다.
 민은 학교를 마치자마자 집으로 달려갔다. 가방을 구석에 던져놓고 노래를 틀었다. 춤을 췄다. 몸에 점점 힘이 들어가고 발소리가 커졌다. 한 번 출 때마다 가슴팍이 빠르게 올라갔다가 내려갔다. 그럼에도 민은 자신을 둘러싼 거슬리는 감정을 떨쳐낼 수 없었다. 핸드폰을 꺼버리고 침대에 내던졌다. 핸드폰이 매트에 튕겨 나갔다가 벽에 부딪혀 다시 매트 위로 떨어졌다. 핸드폰 끄트머리에서 카메라 렌즈가 있는 부분까지 크게 금이 갔다.

*

‘덥다’ 대신 ‘쌀쌀하다’고 말하는 사람들이 늘었다. 선선한 바람이 불어 나뭇잎이 춤을 추는 것처럼 흔들렸다. 바람에 떨어진 나뭇잎을 밟으니, 과자를 밟는 듯한 소리가 났다. 길고 긴 여름이 지나갔다는 의미였다.

하늘은 구름 한 점 없이 맑기만 했다. 어디선가 여러 학생의 싱그러운 웃음소리가 들려왔다. 소리가 나는 곳을 쳐다보니, 운동장에서 부스를 설치하는 학생들이었다. 민은 그제야 축제라는 것을 체감했다.

교실에 들어서자마자 거울 앞에 모여 한껏 꾸미고 있는 반 학생을 발견했다. 입술을 빨갛게 칠하고 머리를 묶었다가 풀기를 반복하며 깔깔거렸다. 민은 의자에 앉아 안무를 되새겼다. 곧이어 현주가 들어왔다.

—공연은 처음이라 떨리네. 넌 안 떨려?
—별로.
—역시 넌 많이 해봐서 그런가. 난 긴장돼서 잠도 못 자겠던데.

곧이어 축제가 시작되었다. 거울 앞에 있던 학생들이 웃

으며 부스를 향해 뛰어갔다. 민은 부스를 지나 동아리방
으로 향했다. 부스를 지날 때마다 왁자지껄 웃고 떠드는
소리가 민의 귀를 간지럽혔다.

여러 가지 부스 체험이 끝나고 마침내 공연 시간이 다가
왔다. 댄스부의 공연을 앞둔 민과 부원들은 운동장 가장
자리에서 대기했다. 공연을 시작한다는 사회자의 목소리
가 울려 퍼지고, 첫 번째 곡을 맡은 현주와 부원들이 운
동장 한가운데로 갔다. 노래가 흐르고 현주는 춤을 추기
시작했다.

민은 자기도 모르게 현주를 보고 있었다. 현주의 정확한
스텝을 밟는 발, 부드럽게 움직이는 팔과 유연한 상체 동
작을 본 뒤 자신의 팔과 다리를 봤다. 짧은 한숨을 뱉었
다. 현주가 센터 자리에 오자 조금 전까지만 해도 조용하
던 운동장에 함성이 울려 퍼졌다. 저렇게 잘 추는 애가
있었냐는 감탄 섞인 목소리가 민에게 계속 들려왔다. 민
은 주먹을 세게 쥐었다. 손바닥에 초승달을 닮은 손톱자
국이 선명하게 새겨졌다.

음악이 끝나고 현주와 부원들이 땀을 닦으며 돌아왔다.
민은 무대로 나가 시작 대형에 맞추어 섰다. 두 번째 곡
이 흘러나왔다. 민은 속으로 카운트를 세며 춤을 추었다.
민의 머릿속엔 오직 다음 동작과 살려야 할 디테일에 대

한 생각뿐이었다.

 준비한 곡이 모두 끝나고, 민은 동아리방 벽에 기대어 앉아 물을 마셨다. 민이 댄스부의 공연이 촬영된 영상을 틀었다. 첫 번째 공연 영상에서 오직 현주만 보였다. 평범한 동작도 어딘가 달라 보였다. 칼을 휘두르는 것 같은 날렵한 춤선이 음악과 어우러져 현주를 위한 춤인 것처럼 느껴질 정도였다. 다음 곡이 시작되자, 민은 더욱 집중하여 영상 속 자신을 바라봤다. 상체를 자연스럽게 연결하려고 애를 썼던 동작은 디테일을 놓쳐 완전히 다른 춤처럼 보였고, 힘을 주고 춘 동작은 과하게 힘이 들어가 어색했다. 아무것도 즐기지 못한 모습이 고스란히 드러났다. 헛웃음이 나왔다.

 동아리방을 나와 화장실로 들어갔다. 거울 속에 민의 얼굴이 비쳤다. 땀에 젖어 엉망이 된 머리카락과 눈물이 맺혀 충혈된 눈을 한 자신이 보였다. 민은 입술을 깨물고 발을 굴렀다. 잡음 하나 없는 고요 속에 '쾅' 하는 소리가 울려 퍼졌다. 차가운 물로 얼굴을 닦았다. 눈물이 볼을 타고 내려왔다. 닦고 또 닦아내도 그대로였다. 민은 화장실을 박차고 나와 집을 향해 걸었다.

 주머니 속 핸드폰에 진동이 울렸다. 현주의 연락이었다.

[어디 갔어? 운동장으로 나간 줄 알았는데 안 보이네. 말 좀 해주고 가지.]

민은 답장하지 않았다. 대화창을 오래도록 바라볼 뿐이었다.

[요즘 나한테 서운한 거 있어?]

현주에게 서운한 건 없었다. 단지 춤을 추는 자신에게 깊은 분노를 느꼈을 뿐. 민은 타자기에 손을 올린 채 망설였다. 망설임이 길어질수록 머릿속은 더욱 복잡해졌다. 한참이 지나고 나서 현주에게 또 연락이 왔다.

[아니면 내가 잘못한 거 있어?]

민은 고작 두 문장에 절절매는 자신을 이해할 수 없었다. 그러면서도 손가락은 쉽게 타자를 치지 못했다. 민은 쓰고 지우기를 반복하다 결국 짧은 문장을 보냈다.

[그런 거 없어. 그냥 좀 피곤해서.]

이쯤에서 대화가 끝나기를 바랐던 민의 소망과 달리 현주는 대화를 이어갔다. 피곤하다는 문자가 눈에 보이지 않는 걸까, 민은 생각했다.

[그럼 다행이고. 아, 맞다. 너 여기 나갈 생각 없어?]

현주가 링크를 보냈다. 링크를 누르자 '전국 청소년 댄스 대회'라는 문구가 떴다. 문구 아래에는 대회에 대한 자세한 설명이 줄줄이 적혀있었다.

[규모가 큰 만큼 상금도 엄청 나. 개인전이라 따로 나가긴 해야 하는데, 우리 둘 중 한 명이라도 상금 타면 대박 아니야?]
[생각해 볼게.]

대회는 예선과 본선으로 이루어져 있었다. 일주일간 지정곡에 맞추어 짠 안무로 예선을 치르고, 다시 일주일 후에 자유곡으로 본선을 치르는 대회였다. 예선과 본선 모두 주어진 시간 1분 안에 안무를 선보여야 했다. 겨우 1분이었다. 1분 안에 모든 걸 보여줘야 했다. 민은 핸드폰 화면을 껐다가 다시 링크를 눌러 이미 확인한 내용을 한 번

·더 읽었다. 고심 끝에 신청서를 작성했다. 제출 버튼만 누르면 되는데 손이 떨렸다. 춤을 추는 자신을 보고 실망할까 봐 두려우면서도 욕심이 났다. 잘 추고 싶은, 우승을 하고 싶은 욕심이 넘쳐흘렀다. 숨을 크게 한번 내쉬고 신청서를 제출했다. 하얀 화면에 제출이 완료됐다는 문구만 덩그러니 남았다.

지정곡이 정해지고 난 후 민은 지금까지의 모든 춤을 떠올리며 안무를 구상했다. 고난도 기술을 연이어 넣고 빠른 박자에 어울리는 현란한 스텝을 추가했다. 동작 하나하나를 연구하고 연습했다. 조금이라도 어색한 동작은 가차 없이 빼버렸다.

일주일은 빠르게 흘러갔다. 대회장 안은 화려한 옷을 입은 사람들과 이리저리 바쁘게 뛰어다니는 스태프로 가득했다. 민은 화장실 거울에 비친 자신을 보았다. 축제 때와는 다를 거라고 작게 중얼거렸다. 곧 예선전이 열린다는 안내방송이 건물 전체에 울려 퍼졌다. 민은 화장실에서 나와 대회장으로 갔다.

예선전이 시작되자 수많은 사람들이 각기 다른 안무로 춤을 췄다. 1분이라는 짧은 시간 동안 간절히 몸을 움직여댔다. 그렇게 한참이 지나고 나서야 민의 차례가 다가 왔다. 민은 마치 죽기 전 마지막 몸부림을 치는 것처럼 춤을 췄다. 박자에 따라 빠르게 팔을 휘젓고 발을 굴렀 다. 고난도 동작을 이어나갈수록 숨이 차올랐다. 피부 속 핏줄 하나하나가 살아있는 듯 꿈틀댔다.

 민이 무대에서 내려오자, 다음 차례인 현주가 무대에 올 랐다. 노래가 시작된 지 얼마 지나지 않아 모두가 현주에 게서 눈을 떼지 못했다. 노래가 절정에 다다르고 현주는 고난도 동작으로 안무를 이어갔다. 전혀 긴장한 내색 없 이 완벽하게 해냈다. 현주를 보는 심사위원의 광대가 한 껏 올라갔다.

 본선 진출자 명단을 발표한다는 안내 방송에 모든 사람 이 심사위원을 바라봤다. 민과 현주를 포함하여 총 여섯 명이 선발됐다. 이름이 호명된 사람들의 표정이 밝아졌 다. 민은 곧바로 대회장을 빠져나왔다. 본선을 준비해야 했다.

 밖에는 비가 내리고 있었다. 굵은 빗줄기가 시야를 가려 앞을 보기 힘들었다. 서진 빗소리 사이로 발소리가 들려 왔다. 현주였다.

-왜 벌써 가. 지금 비도 오는데. 조금 이따 나랑 같이 가.

민은 현주를 등진 채로 걸었다. 머리 위로 비가 떨어지는 게 느껴졌다. 다급한 발소리가 들리더니 현주가 민의 손목을 붙잡았다. 민은 손목을 빼려다 현주의 손목을 보았다. 붕대가 칭칭 감겨있었다.

-감기 걸리면 어쩌려고 그래. 곧 본선인데.
-됐어. 네 본선이나 준비해.

 민이 자리를 뜨려고 하자 현주가 민의 손목을 더 세게 잡았다. 민이 소리치며 말했다.

-어쭙잖게 남 걱정하지 마. 짜증 나니까.
-뭐?
-너도 네가 춤 잘 추는 거 알고 있잖아. 이재식처럼 춘다고 칭찬 들으면서. 자꾸 나한테 와서 쓸데없는 말 좀 하지 마.
-이재식?

 현주의 표정이 일그러졌다. 분노가 서린 깊은 한숨을 토해내며 말을 이어갔다.

-누군 뭐 좋아서 듣는 줄 알아? 이재식은 쓰레기야.

-헛소리하지 마.

-아무것도 모르는 어린 댄서나 꼬시는 새끼가 아버지라는 게 혐오스러워. 허구한 날 이재식, 이재식……. 아무것도 모르면서 뭐가 좋다는 거야.

현주의 목소리가 빗소리에 섞여 괴상하게 들렸다. 민의 볼에 떨어지는 게 눈물인지 빗물인지 분간할 수 없었다. 민은 뛰기 시작했다. 점점 커지는 심장 박동 소리가 귀를 덮쳤다. 현주가 한 말이 머릿속에 맴돌았다. 떨리는 손 위로 비가 사납게 떨어졌다.

민은 일주일 동안 본선 준비에만 전념했다. 현주의 목소리가 들려올 때마다 무의식적으로 고개를 젓고 춤을 췄다. 서 있을 힘도 남아있지 않을 지경까지 되어야만 현주의 목소리를 잊을 수 있었다.

안무를 완성하고 쉴 새 없이 연습하다 보니 어느덧 본선이 코앞으로 다가왔다. 심사위원만 있던 예선전과 달리 꽤 많은 방청객이 대회를 보러왔다. 결승전에 진출하는 단 두 명을 뽑는 무대인 데다 관객까지 생겼으니 모두가 더 절실해졌다.

-참가번호 1번 이현주, 나와주세요!

 시작을 알리는 스태프의 말에 모두 긴장했는지 마른 침을 삼켰다. 현주는 숨을 크게 내쉰 뒤 무대로 올라갔다. 모든 조명이 현주를 비추었다. 조명에 비친 현주의 머리카락이 반짝였다. 춤이 시작되자 관객들이 함성을 지르기 시작했다. 함성을 듣고 밝게 웃는 현주의 모습은 그 누구보다 행복해 보였다. 민은 우두커니 서서 현주의 춤을 보았다. 함성이 커지고 현주의 표정이 밝아질수록 민의 눈동자는 더 세차게 흔들렸다. 축제 때와는 다른 모습을 보여줄 거라는 다짐은 지켜지지 못한 채 희미해져 갔다.

 노래가 끝나고 현주가 무대 뒤편으로 돌아왔다. 현주를 바라보던 민은 천천히 일어서 밖을 향해 걸었다. 시린 바람이 민의 얼굴을 스쳤다. 진작 포기할걸, 아예 시작도 안 하는 게 나았을 텐데. 민은 후회를 곱씹으며 생각했다. 시끄러운 함성과 노랫소리에서 멀어질수록 시야가 흐려졌다. 현주가 뒤늦게 민을 찾으러 대회장 밖으로 나왔지만 보이는 건 민의 작은 뒷모습뿐이었다. 민의 뒷모습은 점점 더 작아지다 결국 사라졌다.

숨

권주현

숨

　현관문이 닫히면서 자그마한 물고기 모형 두 개가 매달린 주물 종이 한바탕 소음을 일으킨다. 등줄기로 새벽 시간대의 미묘한 찬기운이 머문다.

　뒤늦게 반응하는 센서 조명은 5초 이내로 다시 꺼진다. 방문을 여는 소리가 들려온다. 경첩이 하나 빠진 듯한 소리가 나는 걸 보아 안방이다. 가만히 숨을 삼킨다. 성급하게 신발을 벗지 않고 상황을 주시해 보지만 들려서는 안 될 소리가 연이어 들려온다. 이쪽으로 오는 듯한 발걸음이 내가 딛고 선 현관의 바닥까지 울려댄다. 발소리는 거실을 가로질러 마침내 현관 앞에 다다르자 멎는다. 움직임을 감지한 센서 조명이 사위를 밝힌다. 나는 핏발이 선 두 눈과 마주한다.

－이 시간에 어딜 다녀오니.

엄마는 물방울이 뚝뚝 떨어지는 내 앞머리를 노려본다. 현관 불이 꺼진다. 불규칙한 숨소리가 갑작스레 들이닥친 어둠을 배경 삼는다. 분노와 허무에 찌든 호흡이다. 엉겨붙은 앞머리가 눈을 찔러 온다. 습관처럼 눈을 비비자 엄마가 부리나케 손목을 붙잡으며 막는다. 한참이나 나를 응시하던 눈길을 거두고 소리친다.

―네 아빠 죽고서도 배운 게 없어?

 짓무른 눈동자가 사정없이 흔들린다. 감정을 삭이는 중인지 도를 넘은 분노가 끓어 넘실대는 것인지 알 수 없다. 엄마가 절규에 가까운 목소리로 흐느끼기 시작한다. 나는 바닥으로 눈을 내리깐다. 한껏 일그러진 표정을 짓고 있거나 눈물을 흘리고 있을 것이다. 내게는 둘 다 마주하고 싶지 않은 선택지다.

―물 밖은 숨 막혀요.

 엄마를 뒤로 하고 방으로 들어간다. 한참 뒤에서야 교복으로 갈아입고 방을 나온다. 예상대로 엄마는 나가고 없다. 습관처럼 전등 스위치를 누른다. 빛 한 점 들지 않는 거실에 변화는 없다. 불이 들어오지 않는 이유를 잠시 고민한다. 거실의 형광등이 나갔다는 사실을 기억해 낸다. 말로만 고친다고 한 게 벌써 두 주가 지났다.

거실 대신 부엌 불을 켠다. 주황색에 가까운 빛이 식탁을 내리쬔다. 식탁 위에는 엄마가 꺼내어 둔 반찬통과 아침으로 적당한 양의 콩나물과 고사리, 시금치 무침이 접시에 먹음직하게 담겨 있다. 스테인리스 반찬통 안에는 여느 때처럼 검은 콩자반이 들어 있다. 콩자반의 반질거리는 표면을 보고 있으면 입 안에서는 옅은 짠맛이 감돈다. 어쩌다 식욕이 돌 때 딱 세 알 정도만 맛을 본다. 맛은 딱딱하고 식감은 밍밍한, 맛과 식감이 서로 뒤바뀐 그런 느낌이다.

채비를 하고 마당으로 나오면 해가 뜬다. 대문 옆에 세워 두었던 자전거의 외발 지지대를 발로 찬다. 한 번에 되는 법이 없어 두 번은 차야 한다. 밤사이 서늘한 이슬을 머금은 안장을 손으로 대충 털어 낸다. 페달을 밟아 천천히 속도를 높여 간다. 어스레한 새벽녘을 뚫고 바퀴가 굴러간다.

*

아빠가 죽고 가장 큰 변화를 맞이한 건 집 안을 구성하던 가구들이었다. 하루 아침에 식탁 의자는 세 개에서 두 개가 되었다. 사람 둘이 눕고도 남던 안방의 퀸 사이즈 침대는 싱글 사이즈 침대로 바뀌었다. 아빠가 아끼던 위스키 장식장은 빈병이 대부분이었다는 사실도, 해묵은 먼지는 보이지 않는 곳에서 잔존해 있었다는 사실도 비워져 가는 집을 보며 차츰차츰 알아갔다.

아빠의 물건들은 엄마의 손길 한 번에 속속들이 버려졌다. 엄마가 아빠의 물건 중 유일하게 버리지 않은 것은 화장실 한 편에 똬리를 틀고 있던 고가의 전동 면도기였다. 유용의 여지가 있어 가까스로 처분을 면한 경우였다. 까딱하면 쓸모를 잃을 수도 있는 면도기를 두고, 나는 세수를 할 때마다 턱을 어루만지는 습관이 생겼다. 그것은 나로 인해 유용을 인정받아 버려지지 않은 것에 대한 일종의 책임이었다.

돌이켜 보면 집에서 아빠의 자리가 채워진 적은 거의 없었다. 하나같이 무의미한 채로 존재만 하고 있었다. 아빠는 가족보다는 동료를 택하는 사람이었다 아빠는 내가 태어나던 날도 여객선 침몰 사고가 발생하자 주변의 만류에도 불구하고 기어이 사고 지점으로 향하는 배에 올랐다. 그렇게 생존자 구조와 인양 작업에 주력을 한 그는

3일 동안 이어진 수습 작업에도 현장을 떠나지 않았다. 누군가는 그의 직업 정신을 높게 평가했고, 다른 누군가는 실적 쌓아 뭐 좋다고 가정마저 내팽개치고 저리도 미련하게 구는지 질책했다. 엄마가 아빠의 물건을 버리면서 그간 눈엣가시였던 것을 비로소 처분한 듯 후련해 보였던 것도 나로서는 그 이유를 알 것 같았다.

*

 겉옷으로 얇은 바람막이를 걸친다. 어젯밤 챙겨둔 수영 가방을 어깨에 걸쳐 메고 방을 나온다. 현관으로 향하다가 반쯤 열려 있는 안방 문을 본다. 문 틈새로 고개만 살짝 내밀어 확인한다. 옅은 숨소리가 간헐적으로 들려오는 것을 확인하고 조심스레 문을 닫는다. 다시금 현관으로 걸음을 돌린다. 헤픈 운동화에 대충 발을 구겨 넣는다. 모자를 푹 눌러 쓰며 현관문을 연다. 주물 종이 딸랑운다.
 자전거를 건물 외벽에 비스듬히 세워 두고 수영장에 들어간다. 굽은 등으로 탈의실을 나오는 청소 할머니와 마주친다. 손에는 어제 하루 동안 사용된 수건들이 거추장스러워 보일 정도로 들려 있다. 탈의실을 드나들며 공용

수건을 수거해 가는 것이 할머니의 주된 일이다. 할머니
는 아는 체 않고 나를 지나친다. 어둠 속으로 사라지는
발소리는 물소리에 가릴 만큼이나 작아진다. 길이 25m
수영장은 동굴처럼 할머니의 존재를 흐리고도 남는다.
 수영복으로 갈아입고 탈의실을 나와 레인을 향해 걸어
가자 지독한 소독액 냄새가 은연 중에 맡아진다. 목을 가
볍게 좌우로 꺾는다. 오른쪽으로 몸을 기울이며 옆구리
를 늘린다. 밤사이 잠들어 있던 근육이 비명을 지른다.
반대쪽도 같은 동작을 반복해 긴장을 푼다. 팔을 시계 방
향과 반시계 방향으로 번갈아 돌려 가면서 어깨를 자극
한다. 다리를 펴고 발을 뒤로 젖혀 허벅지 앞쪽 근육을
늘린다. 몸은 순응하며 서서히, 그리고 착실히 유연해져
간다.
 물결이 잔잔하게 이는 소리가 들려온다. 가볍게 숨을 내
쉰다. 머리 아픈 소독액의 잔향이 덮쳐오기 전에 물속으
로 입수한다. 밤 사이 차게 식은 수영장 물이 절로 오한
을 불러온다. 물에 닿은 살갗의 솜털들이 바짝 선다. 냉
점이 고조되는 감각을 온전히 느끼며 다리를 교차해 앞
으로 나아간다.
 이른 새벽의 하늘 만큼이나 물속은 어둡다. 오늘 새벽이
라는 말보다 어젯밤이라는 말에 더욱 걸맞는 시간대다.

물 위로 드리우는 천창 속의 창백한 달빛 하나에 의존한 채 물속을 유영한다. 물과 물이 부딪치는 소리, 내가 뱉은 숨소리가 공존하는 수영장에서 나는 철저히 고립되는 존재다. 무의식 속의 감각에 온전히 몰입하게 된다. 뇌는 팔다리를 쉬지 않고 움직일 것을 명한다. 상념에 사로잡히지 않고 오로지 수영이라는 행위에 침잠하게끔 한다. 목구멍으로 침을 삼킬 때마다 뜨거운 숨결이 같이 넘어간다.

어느덧 레인의 끝이 보인다. 아무것도 없어야 할 물속에 무언가 어른거린다. 얼마 지나지 않아 그것이 사람 다리인 것을 확인한다. 급히 수영을 멈추고 고개를 든다. 레인 모서리에 걸터앉아 담배를 뻐끔대는 율이 보인다. 희뿌연 연기가 수영장의 습한 공기와 섞여 느리게 퍼져나간다. 어중간한 허공에 머물던 시선이 내게 옮겨온다.

먼저 입을 연 것은 율이다.

―뭘 봐?

율이 기침인지 헛웃음인지 모를 것을 말과 함께 뱉는다. 입에서 연기가 훅 뿜어져 나온다. 대답 대신 못마땅한 눈빛으로 율과 담배를 번갈아 쳐다본다. 율은 돌연 발을 이

용해 내게 물을 튀긴다. 예고 없던 물벼락에 내가 뒤로
한 걸음 물러선다.

-오늘은 그거 안 하냐?
-그거?
-잠수.

 문득 멀지도 가깝지도 않은 거리에서 발소리가 질펀하
게 울려든다. 청소 할머니의 인영이 탈의실의 반투명한
유리문에 언뜻언뜻 내비치는 것을 본다. 율은 입으로 가
져가려던 담배를 바닥에 급히 비벼 끄고 자리에서 일어
난다. 수영장 구석으로 향하는가 싶더니 바닥에 놓여 있
던 청소 도구와 양동이를 챙겨 든다. 그제야 목이 다 늘
어난 흰 반팔 티와 땀으로 반질거리는 얼굴이 눈에 들어
온다. 율은 지친 표정으로 나를 잠시 내려다 본다. 이내
저만치 멀어진다. 바닥에 덩그러니 남은 담뱃재에서 희
미한 온기가 피어오른다.

 학교를 마치고는 저마다 떠드는 목소리가 분분해진다.
대부분의 아이들이 정문을 나가기 전까지 말소리는 끊임
없이 존재한다. 어느 순간에는 서로의 소음에 묻혀 악에

가까울 정도로 목소리를 크게 내기에 일시적이지만 안 그래도 시끄럽던 주변에 한껏 소란을 끼얹는다. 귀는 먹 먹해지고 그들에게서 흘러나오는 체온에 숨이 턱턱 막혀 온다. 누가 콧볼을 쥐고 입에 빨대를 물리기라도 한 것 같이 호흡이 버겁다. 나는 도망치듯 건물을 벗어난다. 신 기하게도 건물을 나오면 소리로부터 해방되듯 말소리가 물러간다. 물에 입수할 때와 비슷하다.

후문은 보관대가 있어 자전거로 등하교 하는 학생들만 간간이 오고간다. 멀리 보이는 보관대 한구석에 두 명의 학생이 대화하며 자전거 자물쇠를 푸는 모습이 보인다. 그 두 명의 학생마저 떠나고 나면 보관대에는 내 자전거 만 남는다.

자물쇠를 풀고 안장에 앉는다. 수영장에 갈까 하다가 며 칠 전 엄마와 갈등이 있던 것을 감안해 집으로 방향을 튼 다. 기왕이면 집에 갔을 때 아무것도 하지 않고 곧장 자 는 것이 좋다. 꼭두새벽부터 일어나 수영하려면 수면 시 간을 충분히 비축해 두어야 하기 때문이다. 쓰러지듯 잠 들면 대략 서너 시쯤에는 일어날 수 있다. 푹 자는 것은 좋지만 너무 과도한 수면은 좋지 않다. 수영하는 데 외려 몸을 둔하게 만들 뿐이다.

알람이 채 울리기도 전에 눈이 떠진다. 욕조에 물부터 받는다. 멍한 정신을 간신히 붙들고 변기 위에 앉아 차오르는 물을 본다. 물이 절반쯤 찬 욕조 위로 뽀얀 김이 피어오른다. 율의 담배 연기와 닮은 구석이 있는 그것은 티 하나 없이 말끔하던 거울을 금세 뒤덮는다. 욕조 안으로 한쪽 발을 먼저 집어넣어 온도를 확인한다. 몸 전체를 물에 담근다. 노곤해진 몸안에서 혈관을 타고 끈덕지게 흐르는 피의 혈류를 느낀다. 이대로 피부가 녹아내려 물에 희석될 것만 같다. 욕조 표면으로부터 등과 엉덩이를 미끄러뜨린다. 물 위로 드러났던 어깨가 모습을 감추고 목 부근에서 머물던 물이 턱을 간질인다. 끝없는 갈증이 인다. 고개를 숙여 물 표면에 입술을 밀착시킨다. 다물린 입술 사이로 뜨거운 물이 비집고 들어온다. 건조하게 말라 있던 혀가 반응해 온다.

—권하민. 문 앞에 수건 놔뒀어.

나는 그제서야 수건걸이를 확인한다. 수건은 온데간데 없고 머리카락 한 가닥만 대롱대롱 매달려 있다.

—넌 애가 아침부터 무슨 반신욕이니.

한숨 섞인 말과 함께 문으로부터 발소리가 멀어진다. 나는 숨을 참으며 머리를 물속으로 완전히 집어넣는다. 욕조 밖으로 물이 넘쳐 흐른다.

2분 38초.

평소보다 저조한 기록이 찍힌 타이머를 주워 든다. 물 밖으로 나와 멍멍해진 콧방울을 누른다. 레인 가장자리에 걸터앉아 발만 물에 담근 채 조용히 숨을 돌린다. 캄캄한 물에 비친 내 모습이 오늘따라 힘없이 흐물거린다. 잔상 위로 발길질을 한다. 사방으로 튄 물이 먼 바닥까지 흥건하게 적신다. 얼핏 발소리를 들은 것 같아 고개를 든다. 멀리서 대걸레와 물이 가득 담긴 양동이를 양손에 든 채 이쪽으로 천천히 걸어오는 율이 보인다. 어느새 근처까지 다다른 율은 땀으로 엉망이 된 앞머리를 뒤로 대충 정리하며 나와 약간의 거리를 두고 바닥에 앉는다. 당연한 듯이 담배를 꺼내 문다. 라이터의 부싯돌 부분을 돌려 댄다. 점화가 될 듯 말 듯 한 소리가 수영장에 울려 퍼진다. 이내 뭐가 잘 안 되는지 바지 주머니에 라이터를 도로 집어넣는다.

-너 죽고 싶은 거냐?

 전혀 예상하고 있지 않던 말소리에 내가 몸을 흠칫 떤
다. 잠깐의 시간을 두고 머뭇머뭇 입을 연다.

-아니.
-그런데 잠수는 왜 해?
-하면 안 돼?
-죽으라면 죽을 거냐? 그냥 궁금해서 물어본 거야.

 정적이 찾아든다. 새벽의 수영장은 조금만 덜 움직여도
무소음이 침투하는 데 좋은 환경이 조성된다. 때로는 시
간이 멈춘 것 같다고 느낀다. 천장에 맺혀 있던 물방울이
떨어지는 소리만 간간이 들려온다. 그것이 시간이 흐르
고 있다는 것을 짐짓 알려준다. 우습게도 위안 받는다.
시간은 누군가를 동정할 줄 모른다. 잔인하게 공평하다.
 잠자코 물속을 들여다보던 율이 조용히 자리에서 일어
난다. 뭘 하는지 구경이나 할 생각으로 율의 움직임을 눈
으로 하나하나 쫓는다. 율은 시선을 의식하지 않고 솔로
수영장 바닥을 닦기 시작한다.

-학교 안 가?

 율은 무심히 대답한다.

-그만뒀는데.
-왜?

 솔과 바닥이 마찰되는 소리가 수영장에 퍼진다. 묵묵히
바닥을 닦는 율을 향해 내가 되묻는다.

-왜 그만뒀는데?
-귀찮잖아. 필요도 없는 걸 뭣하러 다녀?

 율이 인상을 쓰며 목을 좌우로 꺾는다. 그대로 고개를
들어 위를 본다. 구멍이 뚫린 듯이 중간중간 창이 난 천
장을 올려다 보는 시선이 진회색 빛 하현달에 닿아 있다.

-여기 있으면 왠지 숨통이 트이는 기분이야.

 그 한마디에 나와 율의 처지가 물고기 같다고 느낀다.
수영장을 나오게 되면 호흡하지 못 해 서서히 말라 죽어

갈지 모른다. 그럼에도 아가미가 아닌 폐를 가지고 있는 이상 뭍으로 나와 호흡하는 수밖에 없다. 나는 양손을 모아 세수하듯 얼굴을 문지른다. 씻기지 않는 무언가가 잔류하는 느낌이다.

*

밤 같은 새벽녘이다. 목소리가 잠겨 들어간다 싶더니 반쯤 열린 창문으로 찬바람이 불어 들고 있다. 나는 문 아래의 실낱 같은 틈으로 들쭉날쭉 움직이는 그림자를 가만히 바라본다.

잊을 만하면 꾸는 꿈이다. 더는 머리 아픈 국화 향을 맡고 싶지도, 그들의 위선에 공감하고 싶지 않은데도 왜 꾸는 것일까 싶다. 머리맡에 있던 생수병을 집어 마신다. 목소리 하나 못 낼 정도로 목에 수분감이 없다. 절반쯤 남아 있던 미지근한 물은 금방 동이 난다. 결국에는 수면실 밖의 정수기로 향한다. 정수기는 은회색 드럼통 모양을 하고 있고 종이컵 안에는 길색 빛깔의 물이 남긴다.

−물에 빠진 사람 구하려다 죽은 거라면서?
−돈 몇 푼에 스스로 목숨줄 끊은 거지. 그런 거 보면 사

람 참 미련해.

 멀리 구석진 곳에서 얼굴이 벌겋게 상기된 채 술잔을 기울이는 남자들의 모습이 보인다. 정확히 누구인지, 어디에 사는지 모르는 사람들이지만 오며가며 한번 쯤은 본 적이 있는 얼굴들이다.
 꿈에서 깨어나면 들이닥친 현실이 싫어진다. 도망치고 싶다. 여전히 시끄러운 말소리가 존재하는 현실이 싫다. 세상의 모든 사람들이 아빠의 이야기를 입에 올릴 것 같다. 세상에 존재하는 모든 말소리가 아빠를 겨냥하는 활시위 같다. 나는 되뇐다. 꿈은 덧없고, 내가 할 수 있는 일은 수영장에 가 수영을 하고 잠수를 하는 것뿐이다.

 타이머의 초기화 버튼을 누른다. 마지막으로 쟀던 기록이 휘발되듯 사라진다. 그렇게 잊혀진다. 잊혀지는 숫자에 나는 목숨을 건다. 아무런 제약 없이 허용되지 않은 공간을 누비고 싶은 욕구 때문이다. 모든 소음이 하나의 덩어리로 존재하는 그곳에서 호흡하고 싶다. 물 밖은 숨이 막힌다. 너무도 많은 목소리가 벼린 칼날처럼 그대로 날아든다.
 물에 잠수하는 것과 동시에 타이머의 시작 버튼을 누른

다. 눈을 감는다. 눈앞에는 해구의 해연이 펼쳐진다. 보석을 수놓은 듯 아찔하게 반짝이는 빛무리의 내면이다. 빛이 닿느냐 닿지 않느냐로 극명하게 나뉘는 곳이다. 폐부를 일그러뜨리는 압력의 한복판에서 심장이 작게 약동한다. 어느덧 지구의 중심으로 빨려 들어가기 시작한다. 빛 한 점 들지 않는 고립과 단절이 나를 품는다. 문득 아빠도 이 단절을 알고 있을지 궁금해진다. 태평양을 누비는 범고래를 연상시키던 아빠도 물속에서 숨쉬는 방법을 알았더라면 어땠을까. 죽지 않았을까. 살며시 눈을 뜨자 천천히 여닫히는 눈꺼풀 사이로 파란 정사각형 타일이 보인다. 고개를 들어 위를 본다. 수면 위로 올라가는 기포 방울 끝에 누군가의 모습이 담긴다. 물속으로 불쑥 손이 들어온다. 손 너머로는 창백한 달빛이 흘러내리고 있다. 별안간 구명환 같은 손에 손목이 붙잡힌다. 불가항력을 맞닥뜨린 것처럼 온몸에 힘이 빠져나간다. 손은 기어이 나를 건져낸다. 바닥에 넘어진 타이머가 눈에 들어온다. 3분이 훌쩍 넘어 있다.

―최고 기록이야.

침묵의 파동이 잡힌 손목에 깊게 뿌리를 내린다. 율의

흰옷이 나로 인해 젖어 든다.

 옷을 갈아입고 휴게실에 마련된 평상에 눕는다. 율은 선풍기를 틀고 평상에 앉는다. 힘에 겨운 듯이 돌아가는 선풍기의 애처로운 소리가 휴게실을 가득 채운다. 환풍구만큼이나 작은 창문이 눈에 들어온다. 바깥이 보이지 않을 정도로 굵은 빗줄기가 사선으로 내리고 있다. 천장으로 시선을 돌린다. 형광등이 보인다. 백색이다. 아래로는 검게 그늘이 져 있다. 벌레 사체가 주범이다. 빛에 현혹되어 전등 내부로 들어가지만 탈출하기 힘든 구조라서 결국 죽게 된다고 한다. 수많은 벌레 사체들과 내가 닮은 구석이 있다고 문득 느낀다. 수영장에 올 때면 내재된 불안감이 동반한다. 수영장이라는 안식을 언젠가는 벗어나야 한다는 것도, 마음 한편에는 물속에서 무한히 머물 수 없다는 사실도 명쾌하게 자리잡고 있다. 그럼에도 벗어나는 건 불가능에 가깝다. 나는 이미 물속 세상에 현혹된 지 오래다. 이제는 탈출할 기회가 주어져도 몸이 먼저 반응해 시끄럽고 난해한 바깥으로부터 도피하기 위해 물속으로 기어 들어갈 것이다.

—자고 일어났는데 아가미가 생겨 있으면 좋겠다.

무의식적으로 뱉은 말에 율이 침음한다.

−우린 물속에서 숨 같은 거 못 쉬어.
−그런데?
−오늘처럼 잠수하면 너 죽는다고. 전부터 느낀 건데, 너 잠수할 때마다 죽는 연습하는 것 같아.

　율은 내 눈을 손바닥으로 덮는다. 굳은살이 군데군데 박인 얼음장 같은 손이다. 차가운 감각이 흘러든다. 눈을 감고 빗소리에 귀를 기울인다. 내게 있어 시끄럽지 않은 바깥 소음은 빗소리 뿐이다. 누군가의 울분을 대신 토해주는 것 같아서다. 내가 털어내지 못하는 더러운 무언가를 씻겨주는 것 같기도 하다. 선풍기 바람이 나와 율을 한 번 훑고 지나간다. 잠깐이지만 곁에 눌어붙은 습기를 없애준다.

−숨 쉬고 싶으면 뭍으로 나와. 물속에서 숨 쉴 방법 따위 궁리하고 있지 말고.

　나는 물에서 서서히 죽어 가고 있다. 내가 죽어가고 있다는 사실도 모른 채 나날이 죽어 간다. 그럼에도 물이

주는 단절이 나를 살게 한다. 물에서 죽었지만 사인은 익사가 아닌 죽음 같이.

나는 마른 익사를 하는 중에 있는 것일까. 무엇이 나를 숨막히게 할까.

빗물을 머금은 듯한 매점 안은 낡고 눅진한 공기가 가득하다. 성에가 잔뜩 낀 냉장고 앞을 지난다. 피부로 한기가 스친다. 유통기한을 알 수 없는 과자들이 진열된 코너를 지나 생필품 코너로 간다. 포장지 색이 바랜 물건들이 즐비해 있다. 그중 먼지를 뒤집어 쓴 형광등 박스를 집어 들고 계산대로 향한다. 계산대 위에는 막대 사탕들이 빨간색 원기둥 모형에 꽂혀 있다. 구멍의 개수를 보니 실상은 사탕들이 빼곡하게 꽂혀 있었을 테지만 내가 보고 있는 모습은 그저 볼품없이 인기 없는 맛 몇 개만 남아 있을 뿐이다.

비는 여전히 내린다. 거실 한가운데 누워 천장을 바라본다. 젖은 옷이 체온을 앗아간다. 몸이 떨린다. 옷을 갈아입어도 불쾌함은 가시지 않는다. 집 안이 습한 기운으로 가득하다. 형광등 아래로 검게 그늘이 진 벌레 사체들이 보인다.

신발장 안에 모습을 감추고 있던 차단기를 내린다. 신발장 한편의 구석진 곳에서 간이 공구함도 찾아 꺼낸다. 공구함 위로는 거무스름한 시간의 잔해가 쌓여 있다. 식탁 의자를 거실로 옮긴다. 의자를 밟고 위로 올라선다. 벌레 사체의 윤곽이 한층 뚜렷하게 보인다. 크고 작은 벌레들이 그득하다. 드라이버로 등의 나사를 푼다. 묵은 먼지가 일며 복잡하게 얽힌 전선들이 보인다. 안에 있던 낡은 형광등을 빼내자 실낱 같은 거미줄이 함께 딸려 나온다. 이리저리 손전등으로 비춰가며 빈자리에 잊지 않고 사 온 새 형광등을 갈아끼운다. 부품이 알맞게 들어맞는 경쾌한 소리가 들린다. 내렸던 차단기를 올린다. 전등 스위치를 켠다. 등에서 뻗어 나온 밝고 따뜻한 빛이 거실에 드리운다.

쉽게 따뜻해지지 않는 방

김진미

쉽게 따뜻해지지 않는 방

쉽게 따뜻해지지 않는 방

9시만 되면 도로의 모든 자동차 신호등이 적색 점멸등으로 바뀐다. 빨간색으로 깜빡이는 신호등을 볼 때마다 집으로 어서 들어가라는 신호 같다. 오가는 사람도 차도 없다. 노인이 많은 곳이라 그런지 해가 지면 모두 죽은 듯 잠이 들고 새벽에는 일찍 깨어나 꿈틀거린다. 윤은 춥고 어둡고 지독하게 밤이 긴 이곳이 싫다.

윤은 오늘도 피시방에서 라면으로 대충 저녁을 때우고 집으로 간다. 걸음마다 어느 집에 불이 켜져 있는지 확인한다. 켜져 있다. 꺼져 있다. 켜져 있다……. 윤은 켜져 있는 집의 식구들이 어떤 모습일지 상상해 본다. 소파에서 누워 있는 사람, 씻고 있는 사람, 식사를 준비하는 분주함, 그런 것들. 불이 꺼져 있는 집을 지나면서 저 집 식구들은 다들 어디에 있을까 그려 본다. 오랜만에 돈가스 집에 가서 외식을 하는 가족들. 마트에 들러서 장을 보는 모습들이 보이는 것 같다.

 어두운 집 앞 골목길에 드문드문 가로등이 켜져 있다. 불 꺼진 집에 바로 들어가려다가 멈춘다. 어두운 담벼락 옆에 뭔가가 움직이는 것을 보고 소스라치게 놀랐다. 골목 모퉁이에 제이가 기대어 앉아 있다. 윤은 너무 놀라 순간적으로 욕이 튀어나왔다.

-야, 내가 더 놀랐어. 그렇게 안 생겨서 겁이 많네?

 제이가 윤을 보며 웃는다.

-너 왜 여기 있어?
-저기 우리 집인데?

 제이는 고개를 돌려 건너편 2층 쪽을 본다. 윤이 아무 말 없이 골목을 돌아 나가려는데 제이가 말한다.

-야, 그냥 여기서 펴. 뭘 귀찮게 멀리까지 가. 귀신 나오면 어쩌려고.

 윤은 무슨 말인가 하려다 말고 마른침을 몰아 바닥에 뱉고는 고개를 돌린 채 불을 붙인다. 가로등 불빛에 윤의 숨이 뿜어져 나왔다가 흩어진다. 제이가 곁에서 긴 숨을 내쉰다. 숨에서 하얀 입김이 서린다.

–담임이 너 본 적 있는지 나한테 묻던데?
–왜?
–몰라. 주소 보고 너희 집 아냐고 하셨어.

 윤은 귀찮은 듯한 표정으로 눈썹을 긁적인다.

–봤다고 하지 마라.

 아버지가 있을 때는 기를 쓰고 학교에 가려고 했다. 애써 학교로 도망친 날에도 윤은 내내 책상에 엎드려 있었다. 아무도 깨우지 않으니 괜히 앉아 있는 게 더 뻘쭘하게 느껴졌다. 얌전히 엎드려 있는 것이 교실의 아이들과 선생님에 대한 예의라고 생각했다. 아이들도 선생님들도 윤이 자는 것이 익숙한 듯했다. 이제는 윤이 스스로 학교에 가지 않는다. 이러나저러나 윤은 어차피 학교를 제멋대로 다니는 아이다.

―모른다고 했어. 나 살기도 힘들어.

　제이는 관심 없다는 듯 대답한다. 두 사람은 같은 학교, 같은 교실에 있지만 사는 세계가 다르다. 보이지 않는 두 세계가 섞일 일은 절대 없다. 아주 드물게 아이들 사이의 룰을 모르는 선생님들이 선의랍시고 이상한 시도를 할 때가 있다. 제이는 반장이니깐 윤과 같은 아이에게 학기 초, 짧은 친절을 베풀어야 할 임무가 있는 것이다.
　제이는 자기 집 창문을 본다. 아직 불이 켜져 있다. 다른 사람 집을 훔쳐보는 사람 같다. 제이는 고개를 들어 자꾸만 집 안을 확인한다. 드디어 불이 꺼진다. 제이는 가방을 주섬주섬 챙긴다.

―들어가야겠다.

　제이가 집을 향해 걷는다. 곧 윤도 돌아서서 집으로 간다.
　힘주어 현관문을 당긴다. 오래된 집의 낡은 문은 열 때도 닫을 때도 힘을 줘야 한다. 방으로 들어가 뒤틀린 문과 문틀 사이를 맞춰 방문을 닫는다. 방문은 닫을 때마다 집 전체가 울릴 정도로 큰 소리가 난다.

바닥이 차가워 발바닥을 온전히 딛고 서 있기도 힘들다. 팔에 힘을 주어 방안 창문을 끝까지 밀어 본다. 아무리 닫아도 창문 틈으로 바람이 새어 들어온다. 방 전체에 작은 구멍이 난 것만 같다. 방안 한구석에는 뒤집힌 은박 돗자리 위에 얇은 이불이 깔려있다. 양말을 신은 채 온몸을 감싸듯 이불을 덮는다. 추위가 가시지 않아 어금니가 서로 부딪힌다. 온몸에 안간힘을 주며 웅크린다. 작은 이불로는 몸이 다 덮이지 않아 여전히 발이 시리다.

윤은 언젠가부터 전등을 켜지 않는다. 환한 불빛에 방안에 있는 사물들이 선명하게 보이는 것이 싫다. 캄캄한 방 안에는 핸드폰 불빛만 보인다. 굳이 보지도 않을 것이지만 영상을 틀어 놓은 핸드폰을 베개 옆에 놓는다. 윤은 순간 안방에서 뭔가 소리가 들리는 것 같다.

─저게 계속 내랑 살아가지고 꼬라지가 되겠나. 저거 엄마한테 보내야지. 이래 가지고는 내 짝 나지. 너거 엄마 똑똑한 여자였다. 대학 댕겼다. 대학. 내 같은 거 안 만났으면……. 결국은 니가 너거 엄마랑 살라카면 내가 없어야 안 되겠나.

아버지가 취하지 않으면 늘 중얼거리던 혼잣말이 귓가

에 맴돈다. 천장을 바라보니 모서리에 거미줄이 이리저리 엉켜있다. 방의 먼지들이 들러붙어서 매일 더 선명해진다. 지금 당장 거미가 나타나도 윤은 잡을 수 없을 것이다. 크기가 서로 다른 베개를 포개어 기대며 발끝까지 이불을 덮어 숨을 몰아쉰다. 밤은 천천히 가고, 핸드폰에서 영상은 끝도 없이 재생된다. 끝없이 재생되던 핸드폰은 동이 틀 때가 다 되어서야 꺼진다. 윤은 그제서야 잠이 든다.

*

눈을 떠 시계를 보니 10시다. 아무도 기다리지 않는 학교에 가기에는 너무 애매한 시간이다. 부재중 통화가 찍혀있다. 연락 달라는 담임의 문자도 와 있다. 카톡방에는 밤새 뭘 하고 놀았는지 140개의 메시지가 쌓여있다. 어젯밤 현식의 주도로 몇 명이 새벽 탈출을 했다. 주로 부모님이 잠든 새벽 몰래 집을 빠져나가 놀다가 부모님이 깨기 전에 들어간다. 그래 봤자 초등학교 운동장에 모여서 담배나 피우고, 집에서 몰래 가지고 나온 소주 댓 고리를 나눠 마시는 것이 전부다. 그중에 한 사람이 간밤에 찍은 웃긴 사진을 올리면 서로 경쟁하듯이 사진을 올리면서 좋아한다. 윤은 다들 집에서 해준 따뜻한 밥들을 처 먹고 왜 저런 짓을 하는지 모르겠다고 생각했다. 더 이상 글을 읽어보지도 않고 카톡방을 나온다. 궁금하지도 않은 이야기다.

세수하고 얼굴을 닦는데 뻣뻣한 수건에서 비 맞은 운동화 냄새가 난다. 수건을 현관문 앞에 던진다. 현관문 앞에는 이미 옷 더미가 쌓여있다. 대부분은 여름옷이다. 몇몇은 낡았지만 대부분 제법 쓸 만한 것들이다. 윤은 이곳에 매일 자신이 버릴 것들을 쌓아둔다.

방으로 들어와 낡은 나무 서랍장을 한 칸씩 열어 본다. 안에는 날짜 지난 고지서와 시간이 멈춘 손목시계가 들어있다. 방 안 구석에 원래 그 자리에 있었던 듯 당연하게 자리 잡고 있었던 서랍장을 사용하지 않은 지 오래되었다. 집에는 필요한 것보다 짐이 되는 것들이 많다는 사실을 알게 된다. 진작 사라져도 되었을 것이다.

윤은 가장 아래 칸을 힘주어 연다. 오래되어 잘 열리지 않는 나무 서랍은 몇 번을 멈추었다가 다시 당겨야 한다. 마지막으로 힘껏 당기자 서랍은 통째로 완전히 빠졌다. 흰 봉투가 툭 하고 같이 떨어진다. 흰 봉투를 서랍장 위에 올려두고, 상자 색은 바랬지만 새 옷 냄새가 나는 내복을 펼쳐본다. 대충 펼쳐도 윤의 다리의 반밖에 되지 않는다. 한 번도 입지 않고 작아져 버렸다.

서랍장 위에 있는 흰 봉투를 본다. 그 봉투 속에 든 것이 무엇인지 알 수 없다. 컴컴한 방 안에서 봉투만이 희고 환하게 눈길을 끈다. 봉투 앞면에 '윤이에게' 라고 쓰인 글씨가 자꾸만 윤의 시선을 끈다. 애써 외면하고 누웠다가 다시 자리에서 일어난다. 흰 봉투를 덥석 들고는 봉투 안에 공기를 불어 넣어 봉투 속을 확인한다. 얇은 흰 종이로 감싼 메모지와 만 원짜리 한 장이 나온다.

'태어나줘서 고마워. 우리 아들. 다시 태어나도 엄마 아들 해줘. 생일 축하해.' 참았던 숨을 몰아쉬며 윤은 허탈한 웃음을 웃는다. 태어나줘서 고맙다고 말한 엄마는 자신을 두고 떠났다. 이번 생에서 버리고 다음 생을 예약하는 것은, 다음에 태어나도 엿 먹으라는 건가. 여기에 쓰인 생일 축하는 몇 살 때인가 골똘히 생각한다. 윤은 때 늦은 생일 축하를 받았었다.

봉투를 열기 전까지는 엄마가 있는 곳을 알게 될지도 모른다고, 아니 엄마가 윤에게 미안하다고, 사실은 엄마가 윤을 데리러 오겠다는 지킬 수 없는 약속이 쓰여 있을지도 모른다고 생각했다. 그런데 아무것도 아니었다는 사실에 윤은 만 원을 손안에 구겨 넣는다.

                                    *

　서글픈 골목길에 가로등이 켜지면 채 닫히지 않은 커튼
사이로 불빛이 새어 들어온다. 학교에 가지 않는 날은 밤
이 빨리 찾아온다. 골목을 따라 주택들이 다닥다닥 붙어
있다. 집들은 안과 밖이 구분되지 않는다. 늦은 저녁 누
군가 골목길에서 하는 비밀스러운 통화조차 걸러지지 않
고 방 안까지 흘러들어온다. 각자의 집에 살고 있지만,
사실은 서로에 대해 다 알고 있는 것이 분명하다. 아무것
도 들리지 않는 척할 뿐. 싫지만 때로는 그것이 의지가
될 때가 있다.

－야.

　골목길에서 누군가를 부르는 소리가 들린다. 윤은 대답
대신 맨발에 슬리퍼를 신고 밖으로 나간다. 집 앞 담벼락
에 후드를 뒤집어쓴 제이가 보인다.

－살아 있었네?

　제이가 윤을 보면서 말한다.

-또 담임이 시켰냐?

윤이 말한다.

-넌 담임이 시켰다고 생각하는구나. 양말이나 좀 신고 나오지. 추운데.

 제이는 윤의 빨개진 맨발을 본다. 윤은 괜히 주머니에 손을 넣는다.

-나도 그거 하나 줘봐.

 윤은 제이를 쳐다본다.

-뭐.
-너의 소중한 그거.

 윤은 마치 담배를 선생님께 들킨 것처럼 머뭇거리나 담배를 꺼낸다.

-이거?

─응.

　제이는 윤의 손에서 담뱃갑을 빼앗아 한 개비를 꺼낸다.

─아까워?
─어릴 때 이런 거 함부로 손대는 거 아니야.

　윤이 단호하게 말한다.

─자기는……. 그냥 소장용이야.

　제이는 담배를 팬처럼 잡아 손으로 돌린다.

─내일 점심에 돈가스 나와. 우리 학교 돈가스 맛있잖아.

　윤은 제이를 본다. 아버지가 있을 때는 아침에 일어나 학교에 가는 일이 윤에게 매일 주어지는 임무같이 느껴질 때도 있었다. 이제 학교에 가지 않을 이유가 없는데, 또 학교에 갈 이유를 찾지 못한다. 아침에 일어나야 하는 이유. 잠을 자야 하는 이유. 밥을 먹어야 하는 이유. 살아야 하는 이유. 전에는 당연했던 것들에 이유를 찾게 된다. 하지만 그럴수록 윤은 어떤 이유도 찾지 못한다.

―돈가스 먹으러 학교에 오라고?

 윤은 아무리 생각해도 찾지 못할 이유에, 제이가 아무렇게나 학교에 올 이유를 만들어 준다.

―그래. 다 먹고 살자고 하는 일이니깐.
―너나 먹어.

 윤은 자기도 모르게 내뱉는다.

―너는 세상에서 니가 제일 불행하다고 생각하지?
―뭐?
―그거 자기 연민이야. 불쌍한 척 좀 그만해.
―너 지금 뭐 하냐?

 윤은 그런 제이를 쳐다보며 묻는다. 잘 알지도 못하면서 책에서 읽은 것들을 대충 가지고 와서 조언하려고 하는 제이가 우습게 느껴진다. 제이는 윤의 목소리가 높아지는데도 아랑곳하지 않고 하고 싶은 말을 이어간다.

-맞잖아. 너 맨날 내가 왜 살아야 하나. 그 생각만 하잖아. 이 정도 컸으면 다 컸어. 버텨.
-내가 너 같은 애한테 이런 소리를 들어야 해?
-약한 척 좀 그만해. 네가 뭘 한 번이라도 열심히 해보기는 했어? 아니 뭘 하긴 했어? 다들 말 못할 사정 그런 거 다 가지고 살아. 버티면서 산다고. 그러니깐 정신 차리라고.
-신경 꺼.

 윤은 돌아서서 혼잣말로 욕을 중얼거리며 집으로 들어온다. 현관문 앞에 있던, 보자기로 싸인 영정 사진이 윤의 발 위로 넘어진다. 발로 차버리려다 신발장 옆에 다시 세워둔다.
 윤은 학원 가기 싫은 것이 세상에 제일 힘든 일이라는 무리가 정말 싫다. 매일 앉아서 공부하는 것 말고는 걱정도 없으면서, 자기가 어른인 것처럼 세상을 통달한 것처럼 구는 것도 질색이다. 모두 각자 자신의 세계에서 산다. 같은 세상에서 사는 것 같지만 사람은 누구나 각자의 세계를 살고 있다. 상대방의 세계를 이해하기는 쉽지 않다. 윤은 오늘따라 유난히 주제넘게 구는 제이를 이해할 수 없다.

매일 담임 문자가 쌓인다. 그만큼 결석일수도 쌓인다. 전화도 문자도 받지 않으니, 제이를 보냈을지도 모른다고 생각했다. 지역 센터에서도 시도 때도 없이 문자가 와서 쌓인다. 윤은 눈을 감고 쌓인 것들을 하나씩 머릿속에서 치우면서 누워있다. 정신이 또렷하여 오만가지 생각들이 튀어 오른다. 그중 가장 거슬리는 것이 제이다.

학교는 제이같은 아이들만 가는 곳이라고 생각한다. 공부를 해서 무엇인가가 되고 멋지게 보여줄 가능성이 있는 애들이나 가는 곳. 본인은 아무 생각도 없지만 부모님은 자기 아이가 꼭 뭔가 될 거라고 믿는 그런 애들이 다니는 곳. 윤은 코 끝이 찡해져서 코를 막고 코에 바람을 불어 넣어본다. 그럼 학교에 가지 않는 윤은 어디로 가야 할까 생각하면서 끝없는 밤에 갇혔다. 윤에게 매일은 짧고, 밤은 너무나 길다.

*

곧 해가 뜰 것이다. 여러 번 잠에서 깼다. 깰 때마다 악몽이었다. 가장 마지막에 꾼 꿈은 아빠의 끊어지는 숨을 윤이 가만히 지켜보는 꿈이었다. 윤은 꿈과 현실이 뭐 그렇게 다를 것이 없다고 생각했다. 주섬주섬 교복 셔츠에

팔을 끼워 넣는다. 바지에 다리를 넣는다. 뒤꿈치가 구겨진 운동화를 신는다. 현관문에 조용히 손을 댄다. 낡고 차가운 문틀이 힘을 주며 버틴다. 마침내 적막을 깨고 찬 새벽 공기를 들이마신다. 그때 골목길에 다른 발걸음 소리가 들린다. 제이가 자기 몸집보다 큰 가방을 메고 걷고 있다. 뭔가를 가득 채운 큰 가방을 메고도 제이의 발걸음은 빠르다. 윤은 작은 여자애 등에 뭐가 그렇게 무겁게 매달려 있나 생각하며 걸음을 늦춘다.

주공 아파트를 질러가면 놀이터 앞을 지난다. 빈 그네가 바람에 흔들린다. 길을 따라 걸으면 모퉁이 김밥집에서 고소한 냄새가 난다. 문 앞에 '아침 합니다' 라고 적혀 있고 내부는 김이 서려 잘 보이지 않는다. 저녁에만 여는 통닭집을 지나면 중국집이 있다. 버스 정류장 앞에는 버스를 기다리는 사람들이 서 있다. 모두 배차 시간표만 뚫어지게 보고 있다.

이제 사거리 빵집 앞길을 건너면 학교다. 초록색 신호등이 깜빡거린다. 그리고 다시 빨간색으로 바뀐다. 다시 초록색으로 바뀌고 곧 깜빡인다. 횡단보도에 빨간색 신호등이 켜지자 차들은 세차게 횡단보도를 밟고 지나간다. 횡단보도 끝에 선 윤은 신호등이 바뀔 때마다 차들이 달려와 자신의 몸을 치고 지나가는 상상을 한다. 학교 앞은 어느새 아이들이 많아진다. 윤은 길을 건너지 않고 왔던 방향으로 돌아간다.

같은 학교 교복을 입은 아이들과 마주치자 큰길을 벗어나 강변 쪽으로 걷는다. 강이 가까워질수록 바람이 세차게 불어온다. 다리를 걷기 시작한다. 출근길의 차들이 무심히 지난다. 모두 바삐 어디론가 가는 시간이다. 다리 가운데 멈추어 선다. 강을 보며 다리를 딛고 선 채 입을 벌린다. 숨을 크게 들이마셔 몸 안으로 차가운 공기를 한꺼번에 들인다. 빈속을 찬 공기로 가득 메운다. 강을 내려다본다. 언 강이 보인다. 윤은 여기서 뛰어내리면 어떻게 될지, 죽지 않고 어딘가 부러지는 것은 아닌지 궁금하다.

샛길로 접어들어 강과 더 가까운 곳으로 내려간다. 아침 운동하는 사람들이 가끔 지나지만 서로를 눈여겨보지 않는다. 윤은 곁에 있는 돌 하나를 집어 강 가운데로 던진다. 강의 표면에 돌이 미끄러진다. 더 큰 돌을 집어 들어서 다시 힘껏 던져본다. 강 표면의 얼음에 작은 균열을 만든다. 윤은 강가에 내려가 한 발로 힘껏 발을 구르며 얼음을 확인한다. 꽤 단단하고 두꺼운 얼음에 발이 닿으며 균형을 잃는다. 윤은 손으로 땅을 짚어 몸을 일으킨다. 손에 묻은 흙을 털어내며 강둑의 다리로 다시 올라온다.

 윤은 다시 학교 앞 사거리에서 멈췄다. 아이들이 체육 수업을 하러 학교 운동장으로 나온다. 종소리가 울린다. 윤은 엄지손톱을 잘근잘근 씹으며 천천히 집을 향해서 걷는다. 골목으로 들어서자, 큰 도로와 달리 그늘이 져서 어둡다. 그래서인지 쌓인 눈도 잘 녹지 않는다.

*

 모두가 잠든 것 같은 고요한 골목에 저 멀리 발걸음 소리가 들려온다. 운동화를 끌면서 걷는 소리다. 윤은 자신이 발소리만으로 사람을 구별할 수 있다는 것을 깨닫는다. 골목 끝에서 담배를 피우고 있는 윤의 눈에 제이가 들어온다.

-돈가스 맛있다니깐 왜 안 왔어?

 제이가 묻는다.

-늦게 일어났어.

윤이 대답한다.

-안 일어나고 싶었던 건 아니고?

제이가 말한다.

- 넌 왜 이렇게 늦게 다녀?

윤은 말을 돌린다.

-누가 보면 우리 아빠인 줄 알겠다. 나 아빠 없거든.

제이는 꽃이 없는 빈 화단에 올라가 앉는다. 윤은 제이 옆에 나란히 앉으려다 그냥 옆에 선다. 제이는 화단 벽에 뒤꿈치를 부딪치며 말을 이어갔다.

-왜 그렇게 빤히 봐. 내가 아빠 없는 게 신기해?

제이는 웃으면서 말한다.

-아니.

윤은 바로 대답한다. 제이 아빠가 돌아가신 줄도 몰랐지
만, 그렇다고 그것 때문에 제이를 빤히 본 것은 아니었
다. 그 말을 저렇게 아무렇지도 않게 아무한테나 하는 것
이 신기해서 윤은 제이를 바라봤다.

―아빠가 돌아가셨을 때 일주일 만에 학교에 갔는데 우리
반에 어떤 애가 와서 나한테 조용하게 와서 묻더라.
―뭐라고?
―너 진짜 아빠 없어? 이렇게.
―어떤 년이야?

윤은 자기도 모르게 목소리가 커진다.

―야, 년인지 놈인지 네가 어떻게 알아.

제이는 윤을 보면서 소리 내서 웃는다.

―그래서 걔 핸드폰을 변기통에 빠트렸어.
―잘했어.
―네 친구 같던데?
―내 친구? 누구?

—너 친구 별로 없잖아.

 제이는 윤을 놀리듯이 말하지만, 윤은 진지한 표정이다.

—빡이? 아니 박현식?
—이름은 모르겠고. 자기는 진짜 궁금해서 물었대.
—돌 아이 새끼.
—다들 아빠가 있는 게 왜 그렇게 당연한 건지 모르겠어.

 제이는 친구들이 주말에 집에 놀러 가도 되는지 물을 때마다 꼭 아빠가 계신지 물어보고, 갈빗집에서 엄마랑 동생이랑 갔는데도 꼭 4인상을 차리는 그런 것이 싫다고 했다. 또 학년 초만 되면 선생님이 주는 가정 조사서의 가족란 칸이 너무 많은 것도 싫다고 말했다.
 제이는 꼭 별을 헤아리는 것처럼 밤하늘을 바라보고 있다. 차도 사람도 다니지 않고, 빨리 잠드는 이곳의 밤이 좋을 때도 있다. 유난히 별이 많이 보인다. 늘 자세히 뭔가를 볼 때 눈을 살짝 찌푸리는 버릇이 있는 윤도 밤하늘의 별은 잘 보인다. 윤은 눈으로 별과 별을 잇는 선을 긋는다.

―아빠 없는 건 쪽팔리지 않거든. 우리 엄마는 4인 가족 강박증이야. 아빠가 돌아가시자마자 4인 가족을 만들고 싶었나 봐. 난 아빠가 필요 없는데, 우리 엄마는 남편이 필요했나 봐. 나한테 부자인 새 아빠가 생길 수 있지 않을까 그런 상상도 했는데, 애 둘 있는 우리 엄마한테 그런 남자가 올 리가 없지. 능력은 없고 4인 가족 인원만 채우는 남자를 데려오더라고. 일도 자기가 하고, 청소, 빨래, 밥도 자기가 차리는 그런 짓을 왜 하는지 모르겠어. 근데 담배 끊을 생각은 없어?

윤이 제이의 이야기를 들으면서 담배 한 개비를 꺼냈다 넣었다 하는데 제이가 불쑥 묻는다.

―끊으라고?

윤은 담배를 주머니에 얼른 집어넣으며 괜히 발로 바닥을 툭툭 찬다.

―아니. 계속 피라고.
―또 담배 삥 뜯게?

　제이는 손가락으로 담배를 집어 담배를 빨아들이는 시늉을 한다. 고개를 윤의 반대쪽으로 돌리며 입술을 모은 공기를 내뱉는다. 윤이 담배 피우는 모습을 그대로 따라 해 본다. 제이는 자신의 숨이 다할 때까지 숨을 뱉어낸다.

–야, 누가 담배를 그렇게 피워.

　윤은 어설프게 자신을 따라 하는 제이를 보면서 자기도 모르게 입꼬리가 실룩거린다. 곧 고개를 돌리며 주머니 속에 넣은 담배를 한 번 더 깊숙이 밀어 넣는다.

–너는 학교에서랑 다르다.

　윤은 제이를 보면서 말한다.

–학교에서는 어떤데?
–달라.

　학교에서 윤은 깨어있을 때보다 자고 있을 때가 더 많다. 어느 날 점심시간, 윤이 교실에서 평온하게 자고 있을 때 제이의 손바닥이 윤의 등에 닿았다. 제이가 세게 친 것도 아닌데 윤은 놀라 일어났다. 불어오는 바람에 커튼이 제 마음대로 나부끼고 햇살이 쏟아지는 창 앞에 제이가 서 있었다. 온 햇살이 저 아이에게 쏟아지고 있다고 생각했다. 눈이 부셨다. 윤은 눈을 찡그리면서 제이를 바라보았다.

-빨리 밥 먹으러 가.

 제이가 교실 앞문으로 빠져나가는 모습이 경쾌한 웃음소리 같다고 생각했었다. 윤은 학교에서 본 제이가 떠올랐다.

-넌 학교랑 똑같아.
-어떤데?
-안 듣는 게 좋지 않아?

 제이가 윤을 보면서 말한다.

-재밌냐?

미간을 찡그리며 윤이 말한다.

―그저 그래.

제이는 일부러 시큰둥한 표정을 짓는다.

―애들은 내가 공부하는 걸 좋아한다고 생각하더라. 그런 사람이 어딨어. 나를 지키려고 하는 거야. 다른 방법은 모르거든. 하루에도 수십 번 다 때려치우고 막살아 보고 싶어. 그런데 나를 포기하는 게 제일 힘들더라고. 그냥 나를 지키고, 엄마를 포기하기로 했어. 공부해서 이 집을 최대한 빨리 탈출할 거야.

―나는 나를 제일 먼저 포기했는데.

윤은 자기도 모르게 담배를 꺼내서 불을 붙인다. 고개를 돌려 담배를 한 모금 빨고는 허리 뒤로 내린다. 어릴 때 윤이 엄마에게 다가가서 손을 잡으면 엄마는 윤에게 구단을 다 외웠냐고 물어보았다. 고개를 끄덕이며 윤이 구구단을 외면 엄마는 충혈된 눈으로 웃어 보였다. 아홉 살 윤이 엄마를 웃게 하는 방법이었다. 엄마가 자신을 떠나던 밤, 윤은 엄마가 나가는 순간까지 자는 척했다. 그렇게 해야한다고 생각했었다.

—네가 착해서 그래.

 윤은 자기도 모르게 입술을 깨물면서 말한다.

—내가 엄마를 지켰다고 생각했는데, 성격이 좆같아서 엄마가 버렸나 싶다.
—자기 삶을 선택한 거지. 애초에 누가 누구를 지킨다는 게 말이 안 되잖아.
—엄마는 똑똑했다던데, 아버지를 닮아서 멍청한가.

 엄마를 지켰다고 믿었던 윤은 정작 누구에게도 보호받지 못했다는 것을 깨닫는다.

—그렇게 말하면 그렇다고 하기도 그렇고, 아니라고 하기도 그렇고.

 윤의 이야기를 이렇게 아무렇지도 않게 듣는 사람은 제이가 처음이다. 놀란 눈으로 오래가지 않을 슬픈 표정을 짓는 것이 싫어서 윤은 지금까지 이런 이야기를 입 밖에 꺼낸 적이 없다. 그런데 지금 윤은 일기장에 휘갈겨 쓰는 메모처럼 아무 말이나 꺼내어 놓는다.

─전에는 뭐든 아버지를 탓하면 편했는데. 담배도, 종일 엎어져 자는 것도, 말끝마다 욕하는 것도 아버지가 죽으니 나한테 불리하다 싶어. 둘이서 애 하나 낳았으면 둘 중 하나는 책임을 져야 하는 거 아닌가.

 아버지가 떠나고 나서 모든 것은 윤의 책임이 되었다. 생각지 못한 삶의 무게였다. 미워하는 마음도 때로는 삶을 지탱하는 힘이 될 수 있다는 것을 깨닫는다.

─그래서 난 결혼 안 하고 혼자 살려고, 누구한테 피해 주기 싫어. 어릴 때 금붕어가 키우고 싶어서 엄마를 엄청 졸랐는데, 여행 다녀오니깐 금붕어 하나가 물 위에 둥둥 떠 있고, 다른 금붕어들이 뜯어 먹고 있더라. 뭐든 책임지는 건 무서워.
─자기 몸을 희생해서 먹여 살린 거 아니야?
─그런가.

제이는 한참 말없이 앉아 있다. 윤은 시린 손을 주머니에 넣는다. 제이도 후드를 쓰고 끈을 꼭 조이면서 리본을 묶는다. 옷 소매에 손을 넣고, 소매 끝에 뜨거운 입김을 불어 넣는다.

-너 소원 있어?

제이가 묻는다.

-빨리 뒈지는 거?

윤이 바로 대답해 제이는 입을 삐죽 내민다.

-나한테 소원을 들어주는 돌이 있어.
-그런 걸 아직 믿는 건 아니지?
-초등학교 졸업 선물로 아빠가 주신 거야.

제이는 작은 돌을 만지작거리면서 이야기한다.

-소원은 이루어졌어?
-응.

　제이는 윤이 믿는지 궁금해하며 바라보다가 다시 돌을 보면서 말한다.

－근데 내가 아빠가 오래 살게 해달라고 빌었으면 살아계실까?
－일어날 일은 다 일어나.

　윤의 말에 제이는 고개를 끄덕인다.

－ 네 말이 맞아. 어차피 일어날 일은 다 일어났을 거야.

　제이가 말한다.

－ 엄마가 날 버린 것도?

　윤의 말에 제이는 조금 망설이다가 대답한다.

－그렇지.
－시발. 좆같네.
－시발, 좆같네.

제이는 윤의 욕을 따라한다. 윤이 제이를 본다.

-너 욕하는 거 어색해.
-나도 욕을 잘하고 싶은데, 어렵네.
-너는 왜 그렇게 쓸데없이 하고 싶은 게 많아.
-한 번 태어났는데, 하고 싶은 거 다 하고 죽어야지, 그냥 죽으면 존나 좆같잖아.

윤은 제이의 말을 대답 없이 듣고만 있다.

-어때? 나 이제 욕 좀 하지?

제이가 웃으면서 묻는다.

-아니.

제이가 입을 삐쭉 내민다.

-난 아빠한테 물어보고 싶은 게 많거든. 내가 뭐가 되면 좋겠는지. 내가 크면 같이하고 싶었던 것은 없었는지. 그런 생각을 할 때가 있어. 넌?

-혼자 죽으니깐 편한지 궁금하네.

 제이는 가만히 듣고만 있다가 윤을 쳐다본다.

-울어?

 제이가 묻는다.

-울긴 뭘 울어!

 윤은 한 번도 물어본 적이 없다. 왜 그렇게 매일 술을 마
시는지. 무엇이 그렇게 힘든 것인지. 만약 물어봤다면 달
라졌을까? 생각한다.

 불빛이 들어오는 저녁 시간 어두운 골목길에는 발자국
소리 말고도 다양한 소리가 모인다. 설거지하면서 그릇
이 부딪치는 소리, 저 멀리서 개가 짖는 소리도 들린다.
어느 집에서는 창문을 쾅 닫는다. 엄마한테 혼이 나 우는
아이의 소리가 골목을 가득 채운다. 한 번 울기 시작한
아이의 울음은 점점 커진다. 제이는 고개를 들어 자꾸만
집 안을 확인한다.

-아빠가 돌아가셨을 때 내가 제일 먼저 한 걱정이 뭔 줄 알아? 결혼식장에 누구랑 같이 들어가지? 그 생각이 제일 먼저 들더라.
-결혼 안 한다며?

윤이 살짝 웃으며 제이를 본다.

-혹시 할 수도 있으니깐.

제이가 말한다.

-혹시 하게 되면 같이 들어가면 되지.
-안 할 거야.

드디어 불이 꺼진다. 제이는 불 꺼진 집을 확인하고 일어선다.

-야, 내일은 학교 와. 이제 네 인생이야.
-갈 거야.

대답을 들은 제이는 새끼손가락을 내민다.

-간다고.

　윤은 주머니에 손을 넣으면서 대답한다.
　제이는 새끼손가락을 치켜든다. 마치 가운뎃손가락으로 욕을 하는 것 같다. 제이는 기다린다고 외치며 집으로 향한다. 제이가 들어가는 모습을 끝까지 지켜보고 나서야 윤도 집으로 들어간다.

　윤은 방에 있는 서랍장을 들어 본다. 한쪽은 들리는데 다른 한쪽을 동시에 들기는 어렵다. 현관문에 던져둔 낡은 수건을 하나 가져다가 서랍장 아래에 깔고 방문 쪽으로 밀어낸다. 네 개의 귀퉁이를 하나씩 들 듯이 밀어내 신발장 앞까지 옮겼다. 서랍장이 있던 자리에 먼지가 빼곡하다. 서랍장 아래에 짧은 연필도 보이고 윤이 어릴 때 아끼던 로봇의 팔도 보인다. 먼지를 쓸어내자 서랍장이 있었던 자국은 선명하게 남아있다. 방의 여백이 커졌다. 현관문에 쌓아 둔 옷가지 중 몇 개를 들어 싱크대에 넣고 물을 틀었다. 물에 적셔진 옷들을 하나씩 꺼내 힘껏 양손으로 물기를 없애고는 안방 문 앞에 던져둔다. 시린 손에 물을 담갔더니 처음에는 손이 시리다가 점차 감각이 둔해진다.

숨을 크게 들이마신 후 안방 문고리를 돌리고 나서야 숨을 내뱉으면서, 동시에 발로 문을 민다. 방 안에 불을 켜자 한쪽 벽은 천장을 타고 내려온 곰팡이가 바닥까지 닿아있고 맞은 편에는 지나치게 큰 검붉은 꽃무늬 벽지가 보인다. 방안에는 구르다가 멈춘 소주병들이 아무렇게나 흩어져있다. 먼지가 가득 낀 선풍기 옆에는 새우깡 한 봉지가 뜯겨 있고, 바닥에 눅진하게 눌어붙은 새우깡 부스러기들도 아직 그대로다.

 제대로 앉지도 못해 비틀거리며 벽에 비스듬히 기댄 아버지의 모습이 보이는 것 같다. 아버지는 그날도 취해있었다. 걸핏하면 자신의 목숨을 걸고 학교에 가는 윤을 잡아뒀다. 언제까지나 그런 되지도 않은 협박에 쩔쩔맬 수는 없었다. 윤은 돌아보지도 않고 아버지를 남겨두고 나갔다. 집에 돌아온 윤은 생에 미련없는 두 발을 발견했다. 결국 자신이 늘 말하던 방식으로 아버지는 방을 떠났고 진짜 남겨진 것은 윤이었다.

 안방 바닥에 있는 화투장, 담요, 소주병들을 모두 현관 앞에 꺼내고 작아서 입지 못하는 윤의 내의들로 방을 닦기 시작한다. 온 힘을 다해서 방을 닦으니 겨울인데도 이마에서 땀이 뚝뚝 떨어진다. 삶의 흔적들을 하나씩 지운다. 윤은 혼자 주인 없는 방을 비웠다.

　집 앞 현관문 앞에 서서 윤은 지금까지 쌓아둔 것을 부지런히 옮긴다. 옷가지들이 잔뜩 쌓여 한꺼번에 들어 올렸다가 다시 내려놓고, 여름옷 중에 쓸만한 것들은 다시 옆에 치워두고 남은 것들을 다시 한번에 안아 든다. 골목길 끝에 재활용 옷 수거함에 넣는다. 좁은 입구로 옷들을 넣다가 작은 내복이 바닥에 툭 떨어진다. 팔 쪽을 잡아 든다. 작고 보드라운 내복이 윤의 손에 잡힌다. 윤은 옷에 묻은 흙을 털어내고 통 속에 완전히 집어 넣는다.
　이번에는 등에 서랍장을 지고 두 손으로 조심스럽게 끌어낸다. 골목 끝 재활용 수거함 옆에 서랍장을 세워둔다. 해가 뜬다. 그제서야 방에 들어와 눕는다.

*

　눈을 떠 핸드폰을 보니 오후 3시다. 몸이 여기저기 쑤시는데 오랜만에 깨지 않고 자서 개운하다. 단체 채팅방을 나왔는데 수십 개의 카톡이 와 있다. 윤은 가장 마지막 카톡만 확인한다.

[오늘 너네 집에서 재워줘.]

윤이 전화도 받지 않고, 카톡 확인도 하지 않자 점만 찍어서 여러 개 보낸 것이었다.

[꺼져.]
[아, 한 번만. 시발. 오늘 아빠 온대. 아니, 학교 화장실 환풍구 앞에서 담배 피다가 걸렸어. 집 들어가면 뒈져.]

귀찮아서 핸드폰을 던져 두려는데 현식에게서 카톡이 왔다.

[전제이. 개꼴초임ㅋㅋㅋㅋㅋㅋㅋㅋㅋㅋㅋㅋㅋㅋㅋㅋㅋㅋㅋㅋㅋㅋㅋㅋ]

윤은 현식에게 전화를 한다.

-뭔 소리야.
-아니, 오늘 교내 봉사 걔랑 같이함.
-왜?
-몰라. 담배 걸렸나봐. 시발 나도 깜짝 놀랐다. 오늘 너네 집 간다.
-꺼져. 그냥 집에 그냥 기어들어가.

윤은 전화를 끊고 집으로 가는 길목에 있는 작은 편의점으로 향했다. 오고 가는 사람도 별로 없다. 컵라면을 뜯어 스프를 넣고 뚜껑을 덮는다. 물을 붓지도 않았으면서 라면이 익기를 바라는 사람처럼 가만히 기다린다. 저 멀리서 제이가 걸어온다. 윤은 일어나 제이를 부르려다가 다시 앉는다. 제이가 편의점 앞을 그냥 지나치자 윤의 시선이 따라간다. 윤은 돌아서서 컵라면에 끓는 물을 붓는다.

‘어서오세요. 좋은 하루 되세요.’ 편의점 문이 열린다.

—아 배고파.

윤은 깜짝 놀란다.

—한 입 줘봐.

제이가 먼저 창가에 자리를 잡더니 윤이 막 뜨거운 물을 부은 컵라면을 가지고 온다.

—오늘 학교 온다더니?

제이는 젓가락을 반으로 쪼개 입으로 후후 분다. 컵라면
을 가져다가 한입에 후루룩 면발을 빨아들인다.

-야. 뭔 일 있었어?

윤이 묻는다.

-나 뭔 일 있어야 돼?

라면을 입에 가득 넣고 라면을 씹으면서 제이가 말을 한
다.

-교내 봉사를 왜 하는데?

윤은 라면을 먹는 제이를 본다.

-담배 소지.
-누가 꼬질렀냐.
-그게 뭐가 중요해.
-누군데!

윤이 소리를 지르자 제이가 라면을 먹다가 놀라 켁켁거
린다.

-물. 물.

윤은 물 한 병을 계산해서 가지고 온다.

-야. 진정해.

제이는 카운터 알바생을 쳐다보면서 고개를 숙여 인사
한다.

- 조용히 좀 말해.

제이는 물을 한 모금 마신다.

-그거 내가 줬다고 말해.
-그래 니가 학교 와서 좀 말해 주는지. 근네 그게 그렇게
중요해?
-너는 나랑 다르잖아.

제이는 마신 물병을 받아 뚜껑을 닫아둔다.

-똑같아.
-뭐가 똑같아.

 윤이 다시 큰 목소리로 말하자, 제이는 다시 알바생 쪽
을 바라보고 윤에게 조용하라는 손짓을 한다.

-너랑 내가 뭐가 다르다는 거야.

 제이는 젓가락으로 컵라면에 떠 있는 작은 회오리 어묵
을 집는다.

-너는⋯⋯.

 윤은 마음속에 떠오르는 말을 내뱉지 못한다.

-내가 학교 가서 다 이야기할게.

 윤이 결심한 듯 말한다.

―그럼 학교 오는 거야?

 제이가 묻는다. 이번에는 컵라면에 있는 노란 건더기를 하나 집어서 입에 넣는다.

―응.

 윤이 대답한다.

―좋은 생각이야. 그리고 똑같아서 같이 노는 거야.
―뭐가 똑같다는 거야.
―둘 다 좀 망했잖아. 그게 우리 잘못은 아니지만.

 제이는 컵라면 국물을 마시고 뜨거운지 얼굴을 살짝 찡그린다.

―지금까지 인생이 망한 건 우리 탓이 아닌데, 지금 거지같이 살면 진짜 망해.

 제이가 말한다.

-나 들으라고 하는 말이지?

 윤은 제이를 본다.

-응, 난 시시하게 살기 싫거든. 그래서 내가 열심히 사는
거야. 한 입 할래?

 제이는 윤에게 라면 그릇을 주면서 묻는다.

-뜨끈한 거 먹고 속 차리라고?

 윤은 매운 국물을 삼킨다. 목으로 뜨거운 것이 넘어가
발끝까지 전해지는 기분이다. 윤은 태어나서 지금까지
자신이 선택한 것은 아무것도 없었다. 아무것도 정하지
않은 채 주어진 선택지 대로 살아왔다. 윤은 운이 나쁜
선택지만 찍어진 답안지를 들고 있었다. 그렇다면 앞으
로 윤이 선택할 수 있는 것은 무엇일까 생각한다.

-야, 다 먹었으면 가자.
-안녕히 계세요.

제이는 나가면서 씩씩하게 인사한다. 윤은 컵라면 그릇을 정리하고 제이를 따라 나간다. '감사합니다. 좋은 하루 되세요.' 소리가 뒤따른다.

—너 생일 언제야?

제이가 윤의 생일을 묻자. 윤은 잠시 망설이다가 말한다.

—12월.
—멀었네, 며칠인데?

윤이 날짜를 이야기하지 않자, 제이가 다시 묻는다.

—15일. 왜?
—축하한다고 말해 주려고.
—축하받을 일인가?
—손 꺼내봐.
—왜?

윤이 주먹을 낸다.

-싸우자는 거야?

　제이는 자신이 들고 있던 돌을 윤의 손바닥에 올려둔다.

-생일 선물이야. 나중에 돌려줘.
-언제?
-네가 주고 싶을 때.

　윤은 제이가 손바닥에 올려둔 돌에서 눈을 떼지 못한다.

-네 생일은 언젠데?
-8월 15일 광복절.
-아.
-까먹지 마라.
-그런 거 기억 못하는데 괜히 물어봤다.
-걱정 마! 일주일 전부터 매일 알려줄 테니깐. 선물 기대
할게.
-이거 줄게.

　제이는 옆에 나란히 선 윤의 팔을 주먹으로 친다. 윤에
게는 전혀 아프지 않았지만, 괜히 손으로 팔을 문지른다.

―난 생일이 불행을 확인받는 날 같아. 꼭 나 혼자 기억하고 우울해. 생일날 엄마가 내 눈치를 보는 것도 싫고. 세상에 생일같은 건 없어졌으면 좋겠어.

윤은 제이가 여름에 태어난 것이 잘 어울린다고 생각한다. 윤에게 여름은 없을 것 같았는데, 8월 15일은 올 것 같다.

―내일도 안 오면, 나는 이제 너 모른다. 시시하게 살지 말자.

제이가 말한다.

―대답!

윤이 아무 말 없자 제이가 돌아보면서 외친다.

―그래.

제이는 윤의 대답을 듣고 돌아선다. 윤은 제이가 준 돌을 주먹으로 꽉 쥔다. 집으로 들어가 방에 불을 켜고 제일 먼저 한 일은 흰 봉투를 찢어서 쓰레기통에 버린 것이다. 이어서 기름통에 기름이 얼마나 남았는지 확인한다. 이불을 방문 쪽으로 옮기고 방에 보일러를 돌린다. 방 안에 온기가 돌고 윤은 이불을 안고 잠이 든다.

 학교 앞은 조용하다. 아직 교문 앞을 지도하는 선생님도 안 계시고, 졸면서 나와 있는 선도부 아이들도 없다. 교문에 들어서면 빈 운동장 가장자리를 돌면서 아침 운동을 하는 어르신들이 있다. 그 앞에 낡고 낮은 학교 건물이 보인다. 이 학교는 원래 고등학교 건물이었다고 한다. 고등학교가 다른 곳으로 이전하면서 건물만 그대로 쓰고 있다. 지역의 명문 고등학교가 있던 터라서 좋은 곳이라고 하는데 윤이 보기에는 쓰러지지 않은 게 다행일 정도인 옛날 건물이다. 낡은 것을 감추려고 외벽에 하얀 페인트를 칠했지만, 얼마나 덧칠했는지 살짝 만져보면 페인트가 일어날 것 같다. 윤의 교실은 뒤 건물 3층 교실이다. 교문을 지나면 불이 켜진 교실이 눈에 들어온다. 윤은 괜히 기분이 좋다. 두 칸씩 뛰듯이 계단을 오른다.
 복도에는 가끔 아이들이 지나다니지만 대부분 교실에 앉아 핸드폰을 하고 있다. 아침의 학교는 평화롭고 자유롭다.

반에 도착해 숨을 고르고 조용히 교실 뒷문을 연다. 칠판에 반듯한 글씨로 '수학 활동지 제출. 아침 자습 시간까지'라고 적혀있다. 제이의 뒷모습이 보인다. 무엇인가 열심히 적고 있다. 윤은 제이가 자신을 지키는 시간을 지켜주고 싶다.

고요한 시간의 적막이 깨진다. 교실이 하나, 둘 채워진다. 순식간에 아이들로 채워진 교실은 시끌시끌하다. 교실에 들어오던 아이들은 칠판을 확인하자마자 오늘까지인지 몰랐다며 울상이다. 제이가 앞으로 나온다.

−수학 쌤께 가서 1교시 마치고 내도 되는지 여쭤볼게.

제이가 자리로 돌아가 앉자마자 여러 명의 아이가 모르는 문제를 물어보려고 제이 주변으로 모여든다. 윤이 제이를 본다. 제이는 먼저 제출한 아이들의 수행 평가지를 번호 순서대로 정리하다 윤의 자리를 돌아본다.

−최윤, 수학 활동지 없지?

제이가 윤을 크게 부르는 소리에 주변 아이들이 놀란다. 교실에 있는 윤의 모습도 낯설고, 제이가 윤의 이름을 부르는 것도 생소하다는 표정이다.

―응.

 윤이 순순히 대답하자 윤의 눈치를 살피던 아이들이 자기 할 일을 한다.

―나랑 같이 가자. 받아서 필기만 해도 기본 점수는 주실 거야.

 제이는 그 말만 하고 일어나 뒷문으로 나간다. 윤이 얼떨결에 따라나선다. 제이의 걸음이 너무 빨라서 거의 뛰듯이 걷는다. 누가 봐도 윤의 보폭이 더 큰데, 제이의 걸음이 훨씬 빨라 보인다. 빠르게 앞서가던 제이가 뒤를 휙 돌아보면서 말한다.

―이제 공부 좀 해보려고?

 복도 끝 창문을 통과하는 햇살 한 줌이 윤에게 내리쬔다. 윤은 제이를 바라보면서 말한다.

-구구단. 아니, 수학은 원래 좀 해.

윤의 입에서 구구단이 튀어나오는 순간 제이가 정말 큰 소리로 웃는다.

-아, 진짜거든.

윤은 웃는 제이를 바라보면서 억울한 듯이 따져 말했지만 웃음을 참지 못하고 고개를 돌린다.

-진짜 궁금해서 그런데, 뭐 물어봐도 돼?
-뭐.

윤은 제이의 장난기 넘치는 눈빛을 보면서 최대한 웃음을 참는다.

-너 필통은 있어? 연필은? 지우개는?

그 말을 들은 윤은 제이를 획 지나쳐 앞서 걷는다. 서 있던 제이는 재빠르게 윤을 따라잡아 나란히 걸으면서 말한다.

−그럼 마치고 도서관 가자.

 제이의 말에 윤은 대답 대신 고개를 끄덕이고 제이는 만족스러운 미소를 짓는다.

 윤은 자기도 모르게 자신의 왼손으로 오른손을 꽉 쥐었다가 다시 오른손으로 왼손을 잡는다. 전에 없이 따뜻해진 자신의 손을 확인하고 얼굴에 살짝 대어본다. 홈베이스 사이로 아이들이 책을 꺼내고 있고, 왼편 복도 창문에서 해가 든다. 차갑고 고요하던 복도는 아이들의 발걸음이 옮겨질 때마다 더워진다. 윤은 지금쯤 내 방 창문에도 해가 들었을까 생각한다.

예천여자중학교 3학년 장가영

차가운 겨울에 태어났습니다. 추운 날 방 안에서 이불을 덮고 멍 때리는 것을 좋아합니다. 흰 백지 위에 문장을 적어나가는 것을 좋아합니다.

예천여자중학교 3학년 윤다은

고양이와 함께 살고 있는 중학생입니다. 읽는 것과 쓰는 것, 무언가에 집중하는 것을 좋아합니다. 그래서 책을 좋아합니다.

예천여자중학교 3학년 권주현

사시사철 솜이불을 덮습니다. 마음에 드는 단어들을 사진첩에 모아 놓는 습관이 있습니다. 단맛보다 쓴맛을 좋아합니다.

예천여자중학교 교사 김진미

미치게 좋아하지 않으면 뭐든 시작하지 않습니다. 이루지 못할 꿈을 꾸고, 그 일을 해내는 것을 좋아합니다. 아이들이 더 큰 꿈을 꾸고 자신이 그것을 이룰 수 있다고 믿게 만드는 일이 즐겁습니다. 혼자 쓰는 일이 외로워서 아이들을 함께 글 쓰는 친구로 만들었습니다. 뭐든 겁 없이 시작하고, 자주 망하고, 때때로 해냅니다.

https://blog.naver.com/kjinmi

쉽게 따뜻해지지 않는 방

———

2024년 12월 24일 초판1쇄 발행

지은이 장가영 윤다은 권주현 김진미 **표지디자인** 앤베르겐 **펴낸이** 김성민 **편집디자인** 김경자

펴낸곳 도서출판 브로콜리숲 **출판등록** 제2020-000004호

주소 41743 대구광역시 서구 북비산로 65길 36, 2층 **전화** 010-2505-6996 **팩스** 053-581-6997

홈페이지 www.broccoliwood.com **인스타그램** broccoliwood_ **전자우편** gwangin@hanmail.net

ⓒ장가영 외 2024   ISBN 979-11-89847-95-1 43810